長編歴史ミステリー

密室 本能寺の変

風野真知雄
Kazeno Machio

祥伝社

密室　本能寺の変

目次

装幀　岡　孝治

cover photo : ©RaZZeRs/Shutterstock
cover illustration : ©O.D.O

第一章

蘭丸

一

雨は降りつづいている。

降れば降るほど、雲はぶ厚く、地上は暗くなっているような気がする。梅雨《つゆ》はもう明けてもいい時季なのである。

森蘭丸《もりらんまる》は、夕べ一晩中、不安で眠れなかった。心配でたまらず、瞼《まぶた》を閉じるどころか横になることすらできなかった。

――これはあまりに手薄すぎる。

主君・織田信長《おだのぶなが》の防備が、である。

昨日――天正《てんしょう》十年（一五八二）五月三十日。

琵琶《びわ》湖東岸に位置する堅牢無比《けんろうむひ》を誇《ほこ》る安土《あづち》の城を出て、雨のなかをおよそ二十里《り》（約八〇キロ）、ここ京の本能寺《ほんのうじ》に入って来た。伴《ともな》った武士は、小姓衆《こしょうしゅう》を中心にわずか三十人しかいなかった。

三十人！　足軽頭《あしがるがしら》の引っ越しでさえ、もう少し手伝いの人数は多くなるだろう。こんなことがあり得るだろうか。

もちろん信長の小姓といえば、いずれも二十歳《はたち》前後の、体格にも恵まれ、腕に覚えのある者ばかりである。咄嗟《とっさ》の場合は、身を挺《てい》して信長を守るし、忠誠も誓っている。

だが、今回に限って戦《いくさ》のときに信長を守る馬廻《うままわ》り衆を連れて来なかったのだ。たとえ十倍の兵を相手にしても、蹴散《けち》らすほど精強の馬廻り衆を。

十二年ほど前の元亀《げんき》元年（一五七〇）、信長は杉谷善住坊《すぎたにぜんじゆぼう》という忍びの者に鉄砲で狙撃され、危《あや》うく一命を落とすところだった。以来、身辺の警護については、万全の注意を払ってきたのである。

それが、ここへ来て突然の、少人数での京入り。この信長らしくもない不用心さは、なんとしたことだろう。

もちろん安土城を発《た》つときも、蘭丸は信長に訊《き》いたのである。「上さま。まさか、これだけで京に入るのですか？」と。

「さよう」

信長の返答はいつも短い。「これでよし」と。

壁を立てるような語調の強さに、蘭丸はそれ以上、なにも言えなかった。

信長は、雨のなかを颯爽《さつそう》と、昂然《こうぜん》と、できたばかりの銅像のように輝く表情で、京に入って来た。いくら蓑笠《みのがさ》をつけても、馬上にあれば、顔は雨に叩《たた》かれて濡《ぬ》れる。だが、いまの信長に備わった威厳を、雨ごときがこそげ落とすことはできなかった。

本能寺は、応永《おうえい》二十二年（一四一五）より続く古い、由緒ある寺である。応仁《おうにん》の乱（一四六七〜一四七七）後、繁栄を極めた本能寺は戦国大名との関係もまた深かった。

信長はここを京における宿坊《しゅくぼう》にするため、昨年、境内《けいだい》のなかに新しく御堂《みどう》と御殿《ごてん》の二つの建物を増築した。さらに、周囲の防備も強化した。堀を広げ、深くし、掘った分の土を内側に土塁《どるい》のように高く盛った。門は正面と裏門の二つだけにした。いまや、下手《へた》な砦《とりで》より、守りは強固だろう。それでも、城ほどではないのだ。

昨夕、蘭丸は到着するとすぐに、本能寺の防備を確かめることにした。去年の馬揃《うまぞろ》えのときもここに宿泊はしたが、あのときは馬廻り衆もすべて揃《そろ》っていた。京は、信長の軍勢だらけだった。襲われる心配など微塵《みじん》もなかったのである。

しかし、いまは信長麾下《きか》の軍勢は各地に散らばり、京は所司代《しょしだい》の武士たちが治安の維持に努めているに過ぎない。たとえば、信長を狙う武将から派遣された兵士が、一人ずつ京に入って来て、某所において突如、百人の突撃部隊を出現させるといったことも、楽にできてしまうのだ。

――本当に、これはまずい……。

蘭丸は、雨のなか、傘も差さずに境内をゆっくり一回りした。ふいの敵に対処するため、どこにどれだけの小姓や兵士を配置したらいいか、目を凝《こ》らし耳を澄ませて考えてみた。

いまや、蘭丸はただの小姓ではない。美濃《みの》に五万石をいただく大名になっている。大名が小姓をしているのだ。もちろん小姓のなかでは頭《かしら》のような立場にある。

まず、信長のすぐわきに二人。背後に二人。

咄嗟の場合、身を挺して守るのに、最低、四人は要《い》る。

御堂のほうにいるか、御殿のほうで休んでいるかで、警備の態勢は異なるが、建物の入口に六人。さらに建物のようすを外から見張るために十人を置く。

本能寺の二つの門を守るのに、五人ずつ十人。

それから、本能寺の境内全域を常時、巡回させるのに、十人ずつ二班。

これでも、もう五十人で、不足が生じてしまう。

しかも、護衛のほうも食事や休憩が必要だから、この倍は必要になる。

――まったく足りない。

蘭丸は溜息《ためいき》をついた。

だが、なんとかしなければならない。

まずは、京都所司代の村井貞勝《むらいさだかつ》に連絡し、急遽《きゆうきよ》、家来を四、五十人ほど寄越《よこ》してもらうことにして、御所《ごしよ》近くの屯所《とんしよ》に小姓を一人、向かわせた。

それから、ふと思いついたことがあった。それは、本能寺にも比叡山《ひえいざん》や大和《やまと》の東大寺《とうだいじ》のような僧兵たちはいないのか――ということだった。大きな寺なら、戦乱や盗賊から寺を守るため、若い僧に武芸を学ばせているところは多い。宝蔵院《ほうぞういん》流などという、僧侶が編《あ》み出した槍《やり》の技まであるくらいである。

もし、僧兵が味方をしてくれたら、いざというとき相当頼りになる。

蘭丸は、本堂のほうへ行き、

「この寺に僧兵はおらぬか？」

と、近くにいた僧侶に訊いた。

「かつての比叡山ほどではありませぬが、武術のたしなみがある者なら、四、五十人ほどはおりますが」

やはり、いた。僧兵はふだんから、戦支度《じたく》をしているわけではないので、目立たないだけなのだ。これほど大きな寺が、戦や他派の攻撃、あるいは泥棒などの狼藉《ろうぜき》に対して、無防備であるわけがない。

「今度の滞在中、信長さまの警護にご協力いただけませぬか」

と、蘭丸は丁寧《ていねい》な口調《くちよう》で頼んだ。

「少々、お待ちを」

僧侶は奥のほうに行き、まもなく老僧を伴ってもどって来た。日承《にっしよう》上人である。温和な表情なのに、目に強い光がある。それは山犬の目の光である。この世の真実を見抜くための光なのか。それとも、僧侶にはあるまじき野心のような気持ちを秘めているからか。

「ご住職さま」

「お久しうございます」

「お願いがございって」

「いま、伺《うかが》いました。拙僧《せっそう》もこのたびはずいぶん少ない人数でのご上洛《じょうらく》と、驚いておったのです。わかりました。当寺の屈強《くっきょう》な若い僧侶たちを、信長さまのお住まいを中心に警護させることにいたしましょう」

快《こころよ》く引き受けてもらえた。それはそうだろう。信長はこの寺に、以前より多額の寄進《きしん》をしているのだ。

「それは、助かります」

僧兵たちに境内を周回警備してもらうことが叶《かな》えば、小姓のほうは信長の身辺警護に集中できるのである。

僧兵が加われば、これでおよそ百十人から百三十人。

——だが、まだ足りない。

と、蘭丸は思った。この本能寺がなまじ広大であるがゆえに、百数十人くらいの警護では心許《こころもと》なかった。

——あとは信忠《のぶただ》さまのところから回してもらおう。

十日ほど前から、御所に近い妙覚寺《みょうかくじ》に滞在している長男織田信忠のところには、五百を超す兵がいた。

信忠にも、信長が本能寺にいるあいだだけでも、百人ほど回していただきたいと、使いを出した。妙覚寺はすぐ近くだから、返事はすぐに来た。もちろん断わるはずがなく、急いで百人を寄越してくれることになった。

これでどうにか、見張りの態勢は整《ととの》えられるだろう。

——まったく上さまときたら……。

蘭丸は、しばしば信長の気持ちがわからなくなる。

もともと気持ちの読めない人だった。その行動にはつねに意表を突かれてきた。鬼謀《きぼう》ともいえる計画を、電光のごとく発案し、ためらいもなく実行する。家臣はひたすら付いて行くだけである。

だからこそ、崇拝してしまうのか、と蘭丸は思う。一寸《いっすん》先は闇《やみ》というような世で、信長だけが、この先どうやっていけばいいかを知っている。信長だけに、この世に射《さ》す一筋の光明《こうみょう》が見えている……。

蘭丸は、御堂の一室で、窓辺にあぐらをかき、信長が眠る御殿のほうへ目を凝らしつづけた。

とりあえず、警護の人数を増やしたが、すっかり安心したわけではない。信長はここに至るまでに数えきれないほどの戦を生き抜いてきた。その分だけ敵を殺し、恨《うら》みもかってきた。どんな敵がやって来るのか、予想するのは難しい。

一晩中、雨の音がしていた。屋根のせいなのか、天井のつくりのせいなのか、雨音がやけに大きく響いていた。

ようやく朝になって、日付けは変わり、六月一日になった。

六月は、慌《あわ》ただしい月になりそうな気がした。

二

昨夜は雨脚がずいぶん強まることもあったが、今日は朝からずっと、絹糸のような雨が降りつづいている。小石を敷き詰《しつ》めた本能寺の境内は、水溜《みずた》まりなどもできず、庭全体がしっとりと湿《しめ》っている。木々の緑は、洗われたように艶《つや》めき、色鮮《あざ》やかである。

蘭丸は急いで朝食を済ませ、信長に朝の挨拶《あいさつ》をすると、すぐに警備の状況を確かめるため、境内を一回りした。

なにか異常なことは起きていないか、目を皿のようにして見て回った。

一回りして、信長が起居《ききよ》する御殿の前に来ると、同じ小姓衆の高田虎竹《たかだとらたけ》が、

「蘭丸。おぬし、知っているか。月を跨《また》いだ雨は、騎月雨《きげつう》というのだ」

と、言った。虎竹は小姓のなかでもとくに気の合う一人である。

「騎月雨？」

聞いたことがない言葉である。おそらく唐土《もろこし》の言葉ではないか。虎竹は、歌もよく学んでいる

し、漢書も難なく読めるのだ。

「騎月雨は霖雨《りんう》になりやすい」

とも虎竹は言った。

「霖雨とはなんだ？」

と、蘭丸は素直に訊いた。武人はそんなことなど知らなくてもいい、という気持ちがある。誰よりも猛々《たけだけ》しい武将になるのが望みである。

「長雨のことだ」

「それは鬱陶《うっとう》しいな」

蘭丸は顔をしかめた。

しかも、雨が降っているのに、じっとりと暑い。

十八歳になる蘭丸は、梅雨の季節が大嫌いだった。子どものころから、この時分は嫌《いや》なことばかりあった。

嫌いな女から、無理やり文《ふみ》を手渡されそうになったのも、昨年のこんな雨の日だった。「お読みください」とだけ言って立ち去ろうとしたのを、追いかけて行って、「要らぬ」と突っ返そうとした。中身はなんとなく察することができた。ふだんから、この女の熱っぽい眼差《まなざ》しを感じつづけてきた。読んだりしたら、ねっとり抱きつかれたみたいに、嫌な気持ちになるに決まっている。

力ずくで文を女の袂《たもと》に入れ、突くように女の身体を離すと、女はよろけて雨でぐちゃぐちゃになった庭の土の上に転《ころ》がった。血しぶきみたいに泥がはねた。

「あ」

さすがに焦《あせ》った蘭丸が抱き起こそうとすると、女は顔をそむけたまま立ち上がり、雨のなかをよろめきながら遠ざかって行った。女がその日のうちに、川に身を投げたことはあとで聞いた。

同情などしなかった。なんと身勝手なことをするのだと、胸のうちで罵《ののし》った。これだから女は嫌なのだ。馬鹿。穢《けが》れ。

雨の季節は、人の気持ちを濡れそぼったように、憂鬱《ゆううつ》にする。この季節はつくづく苦手である。

といって、春も秋も好きではない。

蘭丸は、苛烈《かれつ》な夏と、峻烈《しゅんれつ》な冬を愛した。

その苛烈な夏は、まもなくやって来る。

三

昼前になると、雨のなかを、公家たちが本能寺に集まって来た。

こういう天気のときは、いちばん会いたくない連中である。

昨日も京の入口で出迎えるというのを、信長は断わった。それで、今日、あらためて会うことになっていた。

——上さまもさぞかし鬱陶しいのではないか。

公家たちがここまで信長を出迎えたがるのは、もちろん天下はすでに信長のものだと見極めたからだろう。三月に武田勝頼《たけだかつより》を自害させ一族を滅ぼし、京を中心とした天下の中央は完全に信長の領土になった。もう、織田家を上回る勢力はどこにもない。あとは、服従しない大名を一つずつ、つぶしていくだけの話である。

天下人。

いまや天下は、帝《みかど》のものでも将軍のものでもない。

織田信長のものなのだ。

そんな信長でも、いちおう帝や公家には丁重《ていちょう》にふるまっている。相応に礼を尽くしている。

主《あるじ》がそうなのだから、蘭丸も無礼なふるまいはできない。御堂のほうの入口の縁《えん》に座って、階段を上がってくる公家を待ち受けた。

御堂とは言うが、なかに仏壇があるわけではない。入母屋《いりもや》造りの、いかにも寺の御堂らしき外観をしているだけで、なかには畳敷《たたみじき》の大広間があるだけである。

大広間は、寺にはあるまじき派手な絵柄の襖《ふすま》によって、大きくほぼ四つに区切られ、一部屋がおよそ二十畳ほど。

信長からは、このうちの左側半分の二部屋に、襖を取り払って公家たちに入ってもらうようにと言われていた。

雨景のなかを公家たちが現われた。白絹に油をひいた雨衣《あまぎぬ》を頭からかぶり、庭をよろよろと歩いて来る。高下駄《たかげた》は砂利の上だと歩きにくそうである。本能寺の門前までは、牛車《ぎっしゃ》に乗り合わせて来たのだろうが、警護のために門前で降りてもらったのだ。

次から次に、ぞろぞろと並んでやって来ている。

そのようすは、滑稽《こっけい》でもあり、薄気味悪くもある。どことなく胡散臭《うさんくさ》さもある。蘭丸は、珍妙な獣の群れを描いた戯画《ぎが》を見るような気がした。

帝の周囲にたむろする公家たち。いわゆる殿上人《てんじょうびと》。

かつて、天下を直接、支配したこともあったらしいが、いまは力といってもたいしたことはない。

蘭丸の目からすると、なにやら妖《あや》しい魔術のようなものを、ちょっとずつ使いながら、京の真ん中から動かずにいる人たち——といった印象でしかない。

だが、この人たちには決して気を許してはならない。なんといっても、数百年、いや千年にも亘《わた》って、天下の上のほうをずうっと歩いて来た人たちなのだ。

千年。

これほどの歳月には、やはり信長でもたやすく蹴散らすことはできない、重みがあるのだろうか。

「むふ」

咳払《せきばら》いがした。

薄緑色の雨衣の下から、小柄な、女のような人物が現われた。白粉《おしろい》を塗り、頬《ほお》に薄く紅《べに》を刷《は》いている。

見覚えがある。関白藤原内基《かんぱくふじわらのうちもと》である。

「関白さま」

と、蘭丸は上がり口に膝をつき、深々と礼をした。

「お、そちは、たしか蘭丸と申したな」

小姓の名まで覚えていてくれるのだから、たいしたものだと、蘭丸は感心する。

「お上がりになられて左手に」

「承知した」

関白が通り過ぎたあと、化粧の匂いがした。

妙な、嗅《か》いだことのない匂いである。

たぶん南蛮《なんばん》渡来の香。公家たちは、海外の文物《ぶんぶつ》にも目がない。堺《さかい》の商人たちともつながっているのだろう。

関白のすぐあとから、武士にも負けない、堂々たる体軀《たいく》の男が来た。そのくせ、白粉は塗っている。

「近衛《このえ》さま。雨のなかをわざわざ」

と、蘭丸は声をかけた。

「ん」

前の関白で、太政大臣《だじょうだいじん》の近衛前久《さきひさ》である。

近衛は、公家には珍しくそう口数が多くない。かなり豪胆な性格とも聞いている。たしか、徳《とく》川家康《がわいえやす》とも親しかったはずである。

だが、信長は朝廷のことについて、おもにこの男と話を詰《つ》めている。

ほかに、前の関白だった九条兼孝《くじょうかねたか》、内大臣の近衛信基《のぶもと》、二条昭実《にじょうあきざね》、聖護院道澄《しょうごいんどうちょう》、鷹司信《たかつかさのぶ》房《ふさ》、今出川晴季《いまでがわはるすえ》、徳大寺公維《とくだいじきんふさ》など、錚々《そうそう》たる顔ぶれが、信長に会うため、雨のなかをやって来たのだ。それぞれ信長とは浅からぬ因縁《いんねん》をもっている者ばかりではないか。

御堂の入口が、雨衣や雨掛《あまがけ》、蓑笠などを脱いだり払ったりするので、しばらくのあいだ混雑した。

およそ四十人。

それにしても、朝廷の大物たちが、こうまでしてご機嫌伺いに来るのはなんなのだろう。前例はあったのだろうか。

いま、信長は帝（正親町《おおぎまち》天皇）に譲位を迫っている。蘭丸はその場に立ち会ったこともある。

「じつは帝にはご退位願おうと思っておる」と、信長はいきなり言い出した。かなりそっけない、だが有無《うむ》を言わさぬ口調だった。帝は驚き、「それはすぐにお返事するわけにはいかぬ」と答えるのが精一杯だった。

信長がなにゆえに帝に退位を迫っているのか、その理由は、信長にしかわからない。朝廷からすれば、大きなお世話だろう。おそらく天皇家や公家たちにも恨まれているはずである。

蘭丸は、こうして朝廷をも屈服させた信長の力を、誇《ほこ》らしく思うとともに、いぶかしく思う気持ちもある。これから朝廷をどうしようというのか。乗っ取ろうというのか、つぶそうとしているのか。

力ずくでつぶそうとすれば、たやすいはずである。御所の守りは城とは比べられないほど脆《ぜい》弱《じゃく》な防御だし、軍をつくるほどの財力もない。その気になれば公家たちなど根絶やしにもできるのである。

——この先、なにを?

蘭丸は見当もつかないが、いちばん不安なのは、帝や公家たちだろう。

四

一通り揃ったというので、蘭丸は渡り廊下で御殿のほうへ行き、襖の外から、

「上さま。御所からのお客は揃われました」

と、告げた。

昨日の雨のなかの京入りは、さすがに少し疲れたらしく、信長はうつぶせになって女中に背中を揉《も》ませているところだった。そんなところだけは、もうすぐ五十という歳《とし》を感じさせる。信長に歳は感じたくないのだが。

「もう揃ったのか」

「はい。ご挨拶なさいますか？」

信長は大きくあくびを一つして、

「こうも早く、ぞろぞろと来られては仕方あるまいな」

せせら笑うように言った。

立ち上がり部屋から出て歩き出した信長の背中に、

「あの方たちも執拗《しつよう》ですね」

と、蘭丸は言った。

「長雨で退屈しているのだろう」

そういう公家もいるだろう。だが、少人数での上洛によからぬ思惑を秘めつつ、様子を見に来た者もいるに違いない。

信長は公家たちの待つ部屋の襖を開けた。黄金に塗られた虎が二頭、左右に走った。

それまでおしゃべりに興じていた公家たちは、水を打ったように静まり返った。皆、強張《こわば》った顔で信長の顔を見つめた。ほかに視線を移している者は一人もいない。顔色を窺《うかが》っている。今日の機嫌はどうなのか……。

天下で一番恐れられている武将は、上座にどすんと腰を下ろし、

「今日は、わざわざ痛み入ります」

と、笑みを浮かべて挨拶した。

公家たちの顔に安堵《あんど》の表情が広がった。

心配したほど不機嫌ではないと、見て取ったのだろう。

「こちらこそ、大勢でお邪魔いたした。本来なら、昨日、五条大橋《ごじょうおおはし》までお迎えに行くつもりでしたのに」

関白の藤原内基がおずおずと笑みを返した。

「あっはっは。皆さま、この信長ごときに、それほどお会いしたがるとは、よほどお暇《ひま》と見える」

「いいえ、信長どのと会えるなら、たとえ千里《せんり》の道じゃとて」

関白の能楽《のうがく》のようなおどけた物言いに、公家たちは、

「おっほっほ」

と、ひとしきり笑い転げた。

「それでな、今日こうして参ったのは、じつはわれらから信長どのに贈り物を差し上げようと思いましてな」

関白がそう言った。

その途端、

「とんでもございらぬ！」

と、信長は驚くほどの大声で言った。何人もの公家が、ぎくりとして、思わず逃げ腰になったほどだった。じっさい、持っていた笏《しゃく》を取り落としたり、真っ青になって震え出す者もいた。

「いやいや、たいしたものではございらぬ。世にも稀《まれ》なる品でな。きっと織田どのも喜ばれる。それ、それ」

関白は振り向いて、若い公家に持って来るよう、うなずいて見せた。

「いかん！　行くでない！」

信長の怒号が響き渡った。甲高《かんだか》く尖《とが》って、震えの混じった声。それはまさに霹靂《へきれき》。

若い公家は青くなって立ちつくした。

「織田どの」

関白の哀願にも、

「なんとしても受け取れぬ」

断固として拒絶した。

これは蘭丸にも意外だった。

——上さまは、贈り物の中身をご存じなのか。

あれほどの拒絶にあったら、相手は立つ瀬もないし、居たたまれない。

「…………」

関白は泣きそうである。体面も保てない。

太政大臣の近衛前久は憤然《ふんぜん》たる面持ちである。

——上さまは、どういうおつもりなのか。

もしかしたら、いちばん大事なものをいただこうとしているのだから、つまらぬ贈り物など受け取っている場合ではない、というような、これは恫喝《どうかつ》なのか。

しばらく言葉を無くした関白が、

「われらは帰ったほうがよろしいか？」

と、不安げに訊いた。

沈黙がつづいた。

信長はふいに笑みを浮かべ、

「なにを申される。わざわざお運びいただいて、饗応《きょうおう》もせずにお帰りいただいたら、あとで帝に叱《しか》られましょう。贈り物の心配などせず、ごゆっくりお過ごしくだされ」

柔らかい声で言った。見事な取り成しだった。

「そうか」

関白は安堵し、ぱたぱたと笏を動かした。

ほかの公家たちも胸を撫《な》で下ろしたようである。

「膳を」

と、信長が命じた。

飯は武士も朝廷も、朝と夕に二度食べるだけだから、この刻限に食事を提供したりはしない。

ただ、小腹が空《す》いたときのため、かき餅《もち》や粟《あわ》餅、かち栗《ぐり》などを用意してあるので、それらが載《の》った膳がいくつも運ばれてきた。

「ただ、困ったことが一つある」

と、信長は言った。

「なんでしょう?」

近衛が訊いた。

「今日は、当初から茶の湯の席を予定しておりましてな」

「茶席ですか」

公家たちの多くは茶の湯をたしなまない。あれは武士の道楽だと思っているのだ。

「正客は、商人でな。島井宗室《しまいそうしつ》という者」

「おお、島井宗室。存じておるぞ」

と、関白が言った。

「ほう、ご存じでしたか？」

「化粧の品や香料、薬などは、堺から贖《あがな》っておる」

「なるほど。お公家さまたちは、異国《ことくに》のそうしたものに目をつけるのはお早いのですな」

「ただ、島井は堺ではなく、博多《はかた》の商人だったはず」

「いかにも、あれは博多商人です」

「島井については、よい噂《うわさ》は聞かぬのう」

「そうですか」

「海賊のような者であろう」

「そうでしょうな」

信長は、そんなことは当たり前だというようにうなずいた。

「ま、それは織田どのが確かめられればよいこと。われらが余計なことを言う必要はない。まあまあ、島井宗室のことはご遠慮なさるな」

「いや、遠慮なさるなと言われても、地下人《じげにん》と殿上人たちをごいっしょさせるわけにはいきませぬ。はて、どうしたものか」

信長もこれには迷うところらしい。

「織田どの。であれば、茶の湯はそれ、そっちの部屋で」

と、関白は、このわきの部屋を指差した。

「ええ」

「茶会が終わるまで、わたしたちは、この部屋でくつろがせていただく。なあに、襖を閉じれば、そこはもう別の世と言ってよいものでしょう」

「それでよろしいですか」

「むろんじゃ。おっほっほ」

関白がそう言うと、

「そのほうが気楽じゃ」

「茶の湯はどうも」

「堅苦しいのう」

などという声も相次いだ。

蘭丸も、この成り行きにはほっとした。

公家たちの気分は、子どものようにころころと変わるらしかった。

五

それからほどなくして、

「上さま。島井宗室さまが」

と知らせがあり、信長は右手の奥の部屋に入った。もちろん、蘭丸も後につづいた。襖が閉められ、公家たちの姿は見えなくなった。

襖には一枚に一人ずつ、異国の女たちが描かれている。楊貴妃《ようきひ》と思《おぼ》しき女もいれば、金髪の女もいる。寺にこうした絵が飾られることに、本能寺はなにも言わなかったのか。蘭丸は不思議だった。

ここは畳に囲炉裏《いろり》が切ってあり、本日の茶会の茶頭《さどう》を務めるらしい長谷川宗仁《はせがわそうにん》が、すでに支度を整えていた。

「おう、島井。わざわざすまぬな」

と、信長は言った。

「いいえ。お招きに与《あずか》り、光栄に存じます」

そう言った島井宗室は、がっちりした身体つきの、四十くらいの男である。海賊などという話も出ていたが、たしかに荒波に舟を漕《こ》ぎ出すくらいのことはしそうな体格である。

九州博多で屈指の豪商である。しばしば堺にも姿を見せているらしい。

島井家は代々、酒屋を営《いとな》み、大名に金を貸したりしていたが、明《みん》や李氏朝鮮《りしちょうせん》との貿易で、莫《ばく》大《だい》な富を築いた。

ただ、互いに協力し合ってきた大友宗麟《おおともそうりん》が落ち目になり、代わって島津《しまづ》が台頭してきたため、島井家の足元も脅《おびや》かされている。

——当然、その相談もあるのだろう。

と、蘭丸は思った。

島井宗室は茶席に慣れているらしく、堂々たるものである。もっとも、堺や博多などの、交易で身を立てる商人は、皆、茶の湯をする。

信長の茶会で茶頭を務める今井宗久《いまいそうきゅう》、津田宗及《つだそうぎゅう》、千利休《せんのりきゅう》の三人も、堺の豪商である。この席でなぜか茶頭を務めている長谷川宗仁は、京の有力な町衆《まちしゅう》だった。

いまの信長を、たとえ茶の湯の席であろうと、一人にさせるわけにはいかない。彼らにせよ、信長を恨んでいるやもしれないのだ。

囲炉裏は客からは離れた場所になるが、四人の小姓が、部屋の隅《すみ》に控えることにした。咄嗟の闖入者《ちんにゅうしゃ》から信長を守るためである。

四隅のうちの三方、すなわち三人が控えれば大丈夫だが、蘭丸は全体の警護を見守るため、信長から遠い隅に座っている。途中、抜けることもあるだろう。

しゅうしゅう。

と、茶釜から湯の沸《わ》く音がして、ゆるゆると茶を点《た》てる儀式が始まった。それほど難しいことをするわけではない。茶釜で沸かした湯で、粉状になった茶を点てるだけ。その所作《しょさ》を細かく分け、一つずつ、正確にこなしていかなければならない。

戦や謀略など、血生臭いことは忘れられる、ゆったりした世界である。

蘭丸はまだ茶の湯を楽しむゆとりはないが、これはこれでいいものだと思う。ただ、あの茶器を愛《め》でるというのは、どうにもわからない。

茶碗一つとっても、あれが本当にいいものなのか。何百貫も出して、血眼《ちまなこ》になって買い求めるものまであるのだ。

長谷川宗仁は、まさに小川が流れるように、いくつかの動きをつづけ、茶を点て終えると、それを主客である島井に差し出した。

島井もまた、慣れた手つきでこれをいただき、

「けっこうなお点前《てまえ》ですな」

にこやかな笑みを浮かべて言った。いかにも商人らしい、明るい丁重さだった。

——この男も……。

部屋のいちばん隅に控え、茶がふるまわれるようすを見ていた蘭丸は、内心、苦々《にがにが》しく思った。

蘭丸は、商人という連中をどうにも好きになれなかった。

もちろん彼らは愛想はいい。弁も立つ。しかも、茶人として一流だったりする。

だが、それはあくまでも金儲《かねもう》けのためなのである。儲けるためには、誰にでも頭を下げるし、平気で裏切りもする。現に、鉄砲や弾薬も扱っていて、敵味方の双方にそれらを売ることもす

る。

ただ、商人に頼らないと、武器の調達や、城下町を発展させることも難しい。付き合わないわけにはいかない。

それでもなお、蘭丸は商人を信用する気にはなれなかった。

「明日は、千利休も来る」

と、信長は言った。

「そうですか」

千利休がここにいないのも、蘭丸には不思議だった。

信長の三人の茶頭のうち今井宗久と津田宗及は、いま、堺で徳川家康の接待をしている。であれば、なぜ、この席の茶頭を千利休が務めないのか。

「家康どのはいつ、こちらに？」

と、島井宗室は訊いた。

「明日には来るのではないかな」

「ははあ」

島井宗室はなにかを察したようにうなずいた。

――なにを察したのか。

家康と利休に深いつながりはあっただろうか。蘭丸にはそんな覚えはない。

これほど信長の近くにいながら、わからないことが多々あるのは、どうにもじれったかった。

「おっほっほ」

甲高い笑い声がした。襖で隔《へだ》てられただけなので、大声は筒抜けである。

静謐《せいひつ》であるべき茶の湯の席には、あまりにも不躾《ぶしつけ》だろう。蘭丸は立って行って、たしなめようかと思った。そうしないと、信長が怒り出すのではないかと、心配した。

だが、それはなかった。

むしろ、島井宗室のほうが心配して、

「上さま。わたしは今日はほかに用はありませぬゆえ、大事な話は殿上人たちがお帰りになってからにしましょう」

と、言った。

「そうじゃな」

「お公家さまたちは、茶の湯はあまりなされませんな」

「あんなに茶の湯の似合わぬやつらはおるまい」

信長は、聞こえそうなくらいの大声で言った。

いや、聞こえたに違いなかった。

六

長谷川宗仁に代わって、信長が茶を点て始めたとき、

「蘭丸どの……」

襖のあいだから蘭丸を呼ぶ声がした。小姓の弥助《やすけ》である。

弥助は南蛮からやって来た黒人で、信長はこの男をひどく可愛《かわい》がり、宣教師から譲り受けて小姓にしていた。

「む」

蘭丸はそっと襖を開け、外に出た。雨はまだ降りつづいている。

「曲者《くせもの》らしき者が」

「どうした？」

「どこだ？」

「裏の庭に」

「わたしも」

弥助は弁慶《べんけい》もかくやというほど、見事な体格をしている。六尺《しやく》三寸（約一九〇センチ）近い身体で、腕などは丸太のようである。相撲《すもう》を取れば、勝てる者はおらず、剣裁《けんさば》きもたちまち上達

していた。もしも弥助がそばで信長を守れば、かなりの威圧感を与えるだろう。ただ、怖《こわ》がらせ過ぎるため、なごやかな席にはふさわしい小姓ではない。

弥助は、外に出るときは駕籠《かご》を背負う。これには弁慶に倣《なら》ってまさかりや手槍など七つ道具を入れていた。いまも、それをすばやく背負った。

「よし、来い」

蘭丸もまた、袋を摑《つか》んで裏手に向かった。袋には防具や武器が入っている。無骨にならないよう、赤いラシャで織った袋である。

御堂の裏手は、二千坪ほどの巨木が生《お》い茂った深い森になっている。寺で使う薪《まき》を取ったり、キノコが出たり、有用な森なのだろう。

だが、昨日、ざっと回ったときは、ここに忍んでいる者がいるかもしれないので気をつけなければ、と思っていた。

「向こうからそのあたりを怪しい人影がよぎりました」

弥助が、森の一角を指差して言った。

「忍びかもしれぬな」

「おそらく」

蘭丸は袋から木製の腕当てを出し、左手に結《ゆ》わえつけた。

それから、

「この森から逃げ出す者がおらぬか、気をつけていてくれ」

弥助と、もう二人の小姓にそう命じて、蘭丸は一人で森のなかへ入って行った。

杉、欅《けやき》、椎《しい》、椿《つばき》……木の種類はさまざまだが、どれも大きく育ち、頭上に広く枝を伸ばしている。

その枝葉のせいで、ここは昼でも暗い。

まして、陽射しの途絶えた雨の日なのだ。

蘭丸は刀を抜き、構えたまま進んだ。

周囲を見回しながら、森のなかほどまで来たとき、青く咲いた紫陽花《あじさい》の葉叢《はむら》の陰で、一瞬、動いたものがあった。

蘭丸は凝視しながらそちらに近づいた。

また、動いた。光ったのは刃ではないか。

「そこにいるのは誰だ？」

蘭丸は慎重に問いかけた。

うかつには近づけない。

「おーい、こっちに来てくれ！」

後ろの弥助たちを呼んだ。

「どうしました、蘭丸どの？」

弥助が駆《か》けて来る。

そのとき、蘭丸目がけて手裏剣《しゅりけん》が飛んで来た。

——はっ！

咄嗟に、腕当てで受けた。

かつん。

棒型の手裏剣が刺《さ》さった。

鉄製の腕当てだと弾《はじ》いてしまい、悪くすると向きが変わるだけで、身体に突き刺さったりする。木製なら手裏剣は突き刺さって、それ以上は飛ばない。単純だが手裏剣向けの防具である。

曲者は隠れていた紫陽花の茂みから飛び出すと、蘭丸たちの目前を横に走った。

袴《はかま》はつけている。地味な着物の、目立たない恰好《かっこう》をしている。

「あ、あいつですか？」

弥助が訊いた。

「そうだ。そっちだ。捕まえろ。殺すなよ！」

蘭丸も後を追いながら、取り囲むよう、小姓たちに指示した。

曲者は巨木や茂みを迂回《うかい》しながら逃げて行く。森の土は曲者が足をとられて転びそうになるほど雨でかなりぬかるんでいた。蘭丸も何度か足を滑《すべ》らせた。

森の外を回った小姓二人が、行く手を阻《はば》むように現われた。

「くそっ」

曲者は逃げるのを諦《あきら》めたらしくふいに立ち止まり、反転するや、後ろから追いついた蘭丸に斬ってかかった。

鋭い斬り込みである。

だが、蘭丸は慌てずに見て、切っ先《きっさき》をかわすと、横一文字に薙《な》いだ。着物が裂け、肌に赤い筋が入ったのが見えた。浅く斬ったのはわざとである。曲者はひるまず、もう一度、突いてきたが、蘭丸はこの刀を上から叩いて避けた。まったく寄せつけない。

すでに弥助やほかの小姓にも囲まれている。

蘭丸には敵《かな》わないと見たのか、曲者は向きを変えた。

「殺すな」

蘭丸はもう一度、言った。

曲者は、弥助のわきにいた小姓のほうに突進した。

「うわっ」

その小姓は、突進をかわすため、横殴りに剣を振るいながら、わきに避けようとしたが、刃先が曲者の首をえぐった。

血しぶきが上がった。

太い血の道を断ったらしい、曲者の周囲が赤く煙《けぶ》るほど、凄《すさ》まじい血の量だった。

「しまった」

これは助からない。じっさい曲者は、倒れるとすぐ、身体を痙攣《けいれん》させている。それは飛べなくなった虫の羽ばたきにも似ている。

「蘭丸どの。すまぬ」

斬った小姓が詫《わ》びた。

「仕方あるまい」

おそらく曲者は、わざと斬られるようにしたのだ。蘭丸は、二度も「殺すな」と言ったせいだと思った。

「どこの刺客《しかく》でしょう？」

動かなくなった曲者の持ち物を探った。

だが、身元の手がかりなどあるわけがない。

「これは直接、上さまを暗殺しようとした者ではあるまい」

と、蘭丸は言った。

「間者《かんじゃ》ですね。ということは……」

弥助は青ざめて蘭丸を見た。

蘭丸はうなずき、

「このあと、暗殺を請《う》け負った者が来る」

と、言った。

やはり、信長が少人数でこの寺に入ったことは、伝わっているのだ。

それは当然だろう。これ見よがしに、わずか三十人でここへ来たのだから。

さぞかし大勢の草《くさ》の者が、この事態を確かめ驚いたことだろう。

そして当然、大勢の刺客たちが動き出しているはずだった。

七

蘭丸は御堂にもどった。

早く信長の耳に入れたいが、着物は泥まみれ、血まみれである。急いで井戸端で顔と手を洗い、ほかの着物に着替えた。

まだ茶会は終わっていない。隣の部屋では公家たちが軽薄な笑みを浮かべ、愚にもつかぬ話に興じている。だが、このなかの誰かの差し金かもしれないのだ。

蘭丸は信長の顔をじっと見つめ、目が合ったとき、

「上さま」

声を出さずに言った。

蘭丸の血相が変わっていることに気づいたのだろう。

「どうした、お蘭？」

蘭丸は中腰でにじり寄り、

「ちと」

島井宗室には聞かれたくない。

信長もそれを察したらしく、立ち上がって部屋の隅に来た。

「なんだ？」

「警護の人数を増やしていただけませぬか？」

「なぜだ？」

「案《あん》の定《じよう》、お命を狙う者たちが動き出しました。いまも裏庭に潜《ひそ》んでいた曲者を始末して来ました。残念ながら、寺のなかでは何人もの草の者が上さまの動きを見張っていることでしょう」

言いながら、ふと思った。

――さっきの曲者は、どこから入ったのか。

この寺の門は、厳重に警戒している。

とすれば、いま、ここにいる客といっしょに入ったのか。公家たちの下人として？　あるいは島井宗室の荷物持ちあたりを装って？

「それは今日に限ったことではあるまい」

と、信長は言った。

「しかし」

「これでよい」

信長はきっぱりと言った。

「…………」

「そなた、夕べも警護の者を増やしただろうが」

「は」

気づいていたのだ。勘の鋭い信長が気づかぬわけがないのだ。

叱責を覚悟したが、

「もう、充分だ」

信長は語調を荒らげはしなかった。

「今回の京入りは、秘密裡のことだったのでは？」

「まあな」

「ですが、すでに知られてしまっております」

「京は草の者だらけだ。それは、わしが入って来れば当然伝わるだろう」

「あるいは出立《しゅったつ》前から洩《も》れていたのでは？」

「かもしれぬ」

信長はうなずいた。

蘭丸は思い出そうとした。信長が少人数で京に入ると言い出したのは、いつだったか。それほど前のことではない。

五月十五日から十七日にかけて、徳川家康が安土城に滞在した。家康は大坂《おおさか》や堺を見物して京に入るという予定を告げた。

「では、わしも京へ」

と、信長が言った、あのときではないか。

「であれば、なおさら護衛を手厚く」

蘭丸は訴えた。

「要らぬ」

「せめて、馬廻り衆をこの近くに」

「…………」

「あの者たちはどこにいるのです？」

「お蘭。しつこい」

信長はそう言って、囲炉裏の前にもどった。

「…………」

信長の真意がわからない。

わざと敵を呼び寄せようとしているのか。

もしかしたら、きわめて大事なことを秘密裡に進めようとしているのではないか。

信長は重大なことを決行する際は、ごく一部の者にだけ告げる。

今度のことは、蘭丸は知らされていない。

胸のうちに落胆が広がった。

では、誰に告げたのか。

明智光秀《あけちみつひで》か。いま、いちばん信長の信が厚い光秀なのか。

高田虎竹が、「上さまはこのところ、明智どのを小面憎《こづらにく》く思っているのではないか」と言っていた。なぜ、そう思ったのかと訊くと、「徳川どのの接待のことで気に入らぬことがあったらしく、頭を叩いて叱っていたから」と言った。虎竹はわかっていない。信長という人は、信頼している者ほど、あからさまに叱るのだ。己の気持ちをさらけ出すのだ。

逆に、信頼していない者には、もっと陰に籠《こ》もった立腹の仕方をする。だいいち、明智を信用していなかったら、丹波《たんば》という京からすぐの枢要《すうよう》な土地に、光秀を配置するいわれもないだろう。

あとは誰がいる。前線に出ていない織田信澄《のぶずみ》と丹羽長秀《にわながひで》は、家康の接待のため、大坂にいるはずである。

それとも、千利休か。なぜか、ここにいない信長の茶頭。茶人のくせに、大いに裏がある曲者。

――利休か……。

八

島井宗室との茶会が終わり、公家たちが待つ部屋のあいだの襖を取り払って、

「さあ、宴にしよう」

と、信長が言った。絢爛《けんらん》と描かれた美しい異国の女たちが、小姓たちに抱きかかえられて、外の回廊のところへ出て行った。

「これは、これは」

公家たちは屈託《くったく》がない。遠慮などもしない。

育ちがいいというのか、人になにかしてもらうのが当たり前になっている人たちなのだろうと、蘭丸は思った。

「一服くらいは茶も飲んでもらうか？」

「もちろん、いただきますとも」

と関白の藤原内基が調子のいい口調で言った。

信長は長谷川宗仁に、

「皆さまに茶を一服ずつ」

と、命じた。いかにも、「適当でいいから」という口調である。

「だが、昨日はたいそう荷物を持って来られたそうですな」

太政大臣の近衛前久が訊いた。

「すべて茶器です」

信長は言った。

「ああ。噂は聞いております。天下の茶器のお宝の大半が、いまや信長どののお手元に揃ったと」

「なあに、それほどでも」

信長はまんざらでもない。

「それにしても、濡れてしまったのでは」

と、藤原内基が言った。

「濡れるくらいどうということはない。茶器は水や湯を入れて使うものだ」

「それは信長どのらしい無雑作《むぞうさ》というか、豪胆さというか」

じつは蘭丸も、濡れてしまうと思ったのだ。

雨のなか、荷車でがたがた揺らしながら来たのである。藁《わら》などで丁寧に包んであっても、それでも大きく弾《はず》むことがある。雨水だってずいぶん沁《し》みたはずである。茶器とはいうが焼物だけではない。鉄器もあれば漆器もある。水が沁みたりしたら、やはりまずいだろう。

大事な道具類にしては、無雑作過ぎたのではないか。

そこまでして、なぜ、本能寺に持って来たのか。

このことも、蘭丸には謎である。

あるいは、言われるほど、上さまは、茶器などにこだわっていないのではないか。

「世に二つとない名物《めいぶつ》ばかりだとか」

と、前の関白である九条兼孝が言った。

「なあに、九条さまが期待なさるほどのものではない」

「なにをおっしゃる」

「もちろんいまからすべてご覧に入れるが、殿上人の好みではないでしょうな」

「まあ、まあ、それは見せていただいてから」

いちおう興味は津々《しんしん》であるらしい。

「持って参れ」

信長は小姓たちに命じた。

大小の木箱がずらりと並べられた。

さっき、島井宗室との茶会で使ったものも含め、ぜんぶで三十八種。

信長が茶の湯を始めたのは、永禄《えいろく》十一年（一五六八）、足利義昭《あしかがよしあき》を奉じて上洛したときである。それから十四年で、これだけの世に知られた名物を渉猟《しょうりょう》したのだ。

「これが九十九髪茄子《つくもなす》だ」

いちばん最初に取り出して見せた。

丸茄子のかたちをした茶入である。もともと足利義満《よしみつ》の所有したものだった。

これがその後、転々とし、信長は下剋上《げこくじょう》というと必ず名をあげられる松永久秀《まつながひさひで》から、従属の証拠として献上された。これを手にしたことで、信長の収集欲に火がついたとも言われる。

「お高いのでしょうな」

九条兼孝が、遠慮なしに訊いた。

「松永はこれを千貫で買ったらしい」

「千貫！」

九条の顔に浮かんでいるのは、「これが千貫？」という驚きだった。

「これが、円座肩衝《えんざかたつき》。これが、白天目《しろてんもく》茶碗。これが松本《まつもと》茶碗……」

信長は次々に名物茶器を取り出し、公家たちに回した。

珠光《じゅこう》茶碗。

高麗《こうらい》茶碗。

牧谿《もっけい》筆慈姑《くわい》の絵。

同筆濡《ぬ》れ烏《がらす》。

千鳥香炉《ちどりこうろ》。

相良高麗火箸《さがらこうらいひばし》。

五徳開山《ごとくかいざん》。

杓立柑子口《しやくたてこうじぐち》。

宮王釜《みやおうがま》……。

次から次に出て来る名物茶器に、公家たちはゆっくり鑑賞する暇もない。なかには落としそうになって、慌てて信長の顔を見る粗忽《そこつ》な公家もいる。

だが、ゆっくり鑑賞したとしても、心底から感心する公家はまずいないのではないか。

末席《まつせき》にいた蘭丸の耳には、何度も、

「これが？」

という声が聞こえていた。

公家たちは、まるでいいと思わない。武野紹鷗《たけのじようおう》が三十年以上前から侘《わ》び茶を始めていたが、武士や町衆たちほどに朝廷には広まらなかったのだ。

「雅《みやび》ではないな」

「美しくもない」

「鮮やかさは大事であろうに」

たしかに、これらの茶器には、華やかな模様や紅や柿色などの明るい色合いはまったくない。

公家たちが愛用する器には、必ずきれいな模様や絵が描かれているのだろう。

「茶の湯の神髄は、侘びと寂《さ》びにあるそうじゃ」

と、末席に近いところにいた公家が言った。

「侘びと寂び？」

言われた公家は、わからないという顔をした。

「すなわち、これが侘びと寂びなのだ」

「貧しい感じがせぬか？」

正直な感想なのだろう。

「見方によってはな」

「墓への供えものなどを入れるにはよいかも」

「おい、よせ。聞こえるぞ」

「だが、信長どのはそういうものが好きか？　あの安土城に住み、あの馬揃えをおこなった信長どのが？」

と、その公家は遠くから信長の顔を見ながら言った。

それは、蘭丸も同感だった。あの絢爛豪華《ごうか》な安土城の佇《たたず》まいや、派手派手しさの極致《きょくち》とも言うべき馬揃えと、茶の湯の世界は、どうにも重ならなかった。

――上さまは本当に茶の湯を好まれているのだろうか。

気になって、島井宗室の顔を見た。

島井宗室は無表情だった。

それは、なにか思いを隠した表情でもあった。島井はどんな本心を隠して、いま、ここに来ているのか。

信長もまた、そんな島井の表情が気になったのか、

「この島井宗室は〈楢柴《ならしば》〉という肩衝を持っているのだ」

と、唐突に言った。肩衝というのは、肩のところが角張ったかたちの茶入のことである。

「楢柴……」

藤原内基がぼんやりした顔でうなずいた。

「天下三肩衝と言われる名器じゃ。なんでも、わしにくれるらしい」

「………」

島井宗室の顔が歪《ゆが》んだ。そんなことは、思ってもみなかったらしい。

「冗談だ、島井」

と、信長が言うと、島井宗室は安堵の表情に変わった。

「島井。よかったのう」

九条兼孝がそう言うと、ほかの公家たちから笑いが洩れた。

「だが、茶器はともかく、茶の湯というのはいいものだと思いますよ」

と、九条兼孝が言った。藤原内基が意外そうに九条を見た。

「ほう、九条さまでも？」

信長がからかうように訊いた。

「そう、思いますとも。そもそも、茶の湯は身体のため、養生のために始まったものでございましょう」

「そうらしいな」

「ならば、戦に出なければならぬ武士は、ぜひ嗜《たしな》むべきものでしょう。ただ、大男が茶をたしなむところは、滑稽《こっけい》ですな」

「大男が？」

「わたしは、だいぶ前になりますが、斎藤義龍《さいとうよしたつ》の茶会に招かれたことがありましてな。道三《どうさん》の孫でしたか、あれは？」

「倅《せがれ》ですな、あれは」

と、信長は言った。

「巨体でしたでしょう」

「ええ。化け物のように大きかったですな。知恵は豆粒くらいしかなかったですがな。だが、あれが茶の湯などやりましたか？」

「したのですよ。こう、背中を丸めましてな。大きな茶碗も小さく見えて。その不恰好さに、わたしは思わず噴き出してしまいました」

九条がそう言って笑うと、

「大きくて悪かったですな」

やはり大男の部類に入る近衛前久が、じろりと睨《にら》んだ。

「あ、いや、近衛さまは」

その慌てぶりに、信長も公家たちも笑い転げた。

九

茶から酒に代わって宴が進むうち、蘭丸のそばに同じ歳くらいの公家が来て、

「そなた、いくつじゃ?」

と、親《した》しげに訊《たず》ねてきた。

「十八ですが」

「おお!　同じ歳じゃ」

若い公家は嬉《うれ》しそうに言った。

「はあ」

同じ歳だということの、なにが嬉しいのか。蘭丸は、同じ歳ごろの男たちが、幼く見えて仕方がない。自分と話が合うのは、せいぜい二十代後半くらいの連中である。

「信長どのはお蘭と呼んでいるが？」

名を聞きたいらしい。

「森成利《なりとし》と申します。蘭丸は幼名です」

「では、わたしはなんと呼べばいい？」

「なんとでも」

「蘭丸？」

「ええ」

気色悪いがそう無下《むげ》にはできない。

それに、人懐《なつ》っこいだけで、悪いやつではないらしい。

「わたしは、花山院高雅《かざんいんたかまさ》」

「高雅さま？」

蘭丸が問うと、にこりと微笑《ほほえ》んでうなずいた。おっとりした振る舞いで、やはり武士とはまったく別の人たちだと、蘭丸は感心した。

「信長どのは、京の治安をよく治《おさ》めてくれたので感謝しておるよ」

「それはどうも」

「物騒《ぶっそう》なのはいけない」

「それはそうですな」

「信長どののご家来は、皆、あまり化粧はせぬのだな」

高雅は、蘭丸の顔をじっと見入って言った。

「そうですか?」

「足利家はわれらと同じ化粧をした」

「なるほど」

「三好《みよし》も、細川《ほそかわ》も」

「たしかに」

蘭丸はうなずいた。細川藤孝《ふじたか》とは会っているが、まるで公家のような顔立ちをしていた。

「蘭丸も、眉《まゆ》くらいは整えたほうがよいぞ」

と、高雅は指を伸ばして、蘭丸の眉を触るようにしながら言った。

蘭丸は触られないようのけぞりながら、

「眉をな」

と、応じた。

たしかに蘭丸の眉は濃く、太い。言われてみれば、太過ぎるかもしれない。

「信長どのもなさっておる」

「そうだな」

信長は眉を整え、髭《ひげ》も頬のあたりは毛抜きで丁寧に抜いている。

「蘭丸はもともとかたちがよいから、黛《まゆずみ》はいるまい。ただ、このあたりは抜いて整えたほうがよい」

自分の眉尻を触りながら、高雅は言った。

「毛抜きを使うのだろう。あれは痛い」

「いい毛抜きを使えば、痛くないのだ。ほれ、ほれ、これを使ってみよ」

そう言って高雅は、持っていた巾着《きんちゃく》から毛抜きと手鏡を取り出し、蘭丸に貸して寄越した。

蘭丸は、高雅の後ろに隠れるようにして、これを試すと、

「なるほど。これはよい」

と、言った。

「蘭丸にやる」

「いや、結構です」

「遠慮するな」

高雅は無理やり毛抜きを蘭丸に摑ませた。

こうまでされたら、もらうしかない。それに、高雅には少し親しみが湧いてきている。

「じつは、今日、信長どのに持って来た贈り物も、毛抜きだったのだ」

「そうでしたか」

毛抜きとは意外だが、公家の贈り物と思えばなるほどという気がする。勿体《もったい》ぶる割には、たい

したものではなかったりするのだ。

「聖徳太子《しょうとくたいし》がお使いになられていたという珍品でな。珍しいものを好む信長どのなら、喜ぶだろうと思ったのだがな」

「…………」

上さまは、もしかしたら、すでに知っていたのではないか——と、蘭丸は思った。

そうしたものに喜んでみせるようなことをしたくなかったので、あんなふうに拒否したのかもしれない。確かに、もらっても困る微妙な贈り物ではないか。

「武士も昔は洒落者《しゃれもの》が多かったと聞くぞ」

「あ、そうらしいですな」

「明智どのも化粧は上手だしな」

「明智光秀が」

「ああ。さりげないが、うまいな。明智どのは、信長どのの覚えもめでたかったようだしな」

「…………」

ふいに明智光秀の名が出て、蘭丸は胸のなかで、草むらから邪悪な狐が飛び出したように、きりきりっ。

と、妬心《としん》がうずくのがわかった。

十

丹波亀山城《かめやま》――。

城主明智光秀が、天守の窓から、そぼ降る雨を眺めていた。雨は物音まで消し去るのか、城山一帯はひんやりした静けさに包まれている。

ここ亀山城は、丹波攻略を命じられた光秀が、その拠点として築いた城である。四年前に建造が始まり、いまは見事なまでに完成している。

普請《ふしん》に当たって、光秀は、

「雪月花《せつげつか》を愛でる城にせよ」

と、命じていた。

「雪月花を？」

「たとえ戦の最中でも、その場に立てば、雪月花が美しく見られる場所をつくってくれ」

それは、光秀の信念だった。城は強固なだけではいけない。美しくなければならない。なぜなら、武士もまた、強いだけでなく、美しくなければならないから。

狙いは達成された。

しかも、この城は雨の景色が美しかった。それは思わぬ拾いものだった。

緑が多いせいもあるが、枯山水《かれさんすい》ふうにつくった庭の、石の質が適していたのだろう。これらの石は、大きなものにせよ、砂利にして敷いたものにせよ、水を含むとしっとりと黒ずむのだ。

その色合いが、庭に落ち着きをもたらした。

「どうだ、上さまのようすは？」

光秀は、二条に京屋敷を持っている。そこから、信長の動向を随時、伝えて来るように手配してあるのだ。

「はい。今日は、大勢、お公家さま方が訪ねて来られて」

やって来たばかりの京屋敷の家来が答えた。

「誰がいる？」

「藤原内基さま、近衛前久さま、九条兼孝さま……」

「なんと。御所が帝を置いて引っ越して来たようではないか」

光秀は苦笑して言った。

「さらに、博多の島井宗室が」

「島井が？」

「茶の湯の会を」

「公家たちもか？」

「お公家さまたちは、茶会には加わらず、宴を」

「ふうむ」

嫌な気持ちになった。

島井宗室は二心がある男、という話は聞いている。だが、この先、九州を支配するためには、有用な商人だと見ているのだろう。信長という人は、とりあえず役に立つなら、危うさを秘めた人物でも使ってみるのだ。

「また、もどります」

京屋敷の家来が言った。来たばかりだが、休む暇もない。

「うむ。頼むぞ」

光秀は見送った。

「本能寺はまずいな」

と、光秀は腹心の斎藤利三《としみつ》に言った。

明智家の筆頭家老である。もとは足利将軍家の家臣だったが、斎藤義龍や稲葉《いなば》一鉄《いってつ》など主を替え、十二年前に光秀の下《もと》に来た。沈着冷静な男で、いまや光秀の懐《ふところがたな》刀と言ってもいいだろう。

「わたしもそう思います」

「本能寺は茶会だけで、二条御所に御泊まりになるのだと思っていたが」

「しかも供回りは、わずか三十人。さすがに蘭丸が急遽、手当をしたようですが、それでも昨夜は百人をわずかに超えるくらいだったとか」

「どこかに兵を伏せておらぬのだろうか？」

「本能寺の周辺にはおらぬようですな」

「なぜ、そのようなことを？」

「あの方のなさることは、わからぬことだらけです」

「いや、おそらく……」

光秀は思案《しあん》し、見つけ出した見解を手のひらの上で眺めるみたいにたしかめ、

「うむ、そうに違いない」

と、言った。

「なんでしょう？」

「まもなく、徳川家康どのが京にやって来る」

「いまごろは堺でしょう」

「その家康どのを討ち果たそうというのかもしれぬ」

「家康どのを？」

「暗殺するのだ」

光秀は、そう口にして、なおさら確信した。間違いない。

ここで徳川を排除すれば、もう信長に脅威はない。雪崩《なだれ》を打つように天下は信長の足元にひれ伏していくのだ。

「まさか」

「いや。いずれ徳川どのは手強《てごわ》い敵になる。というより、すでに敵なのだ。だから、討とうとするのは当然だろう」

「家康どのは警戒しておられない？」

「していても、来ざるを得ないかたちにしたのだ。上さまがわずか三十人の家来しか連れておらず、京に遊びに来いと招待したら？」

「たしかに断われませんな」

「だが、上さまにしても諸刃《もろは》の剣だ。わずかな守りで京に入れば、ほかの刺客が上さまを襲うだろう」

「なんと、危ないことを」

「あの方はそういう方なのだ。危機に身を置くことで、生きている手ごたえを感じようとするのだ。危ういお方だ」

だからこそ、自分は信長に強く惹《ひ》かれたのだ。

信長は刃のように輝いていた。光秀がそれまでに出会った武将たちとは、一線を画《かく》していた。大の男をとりこにする、ぞくぞくする魅力があった。

雨はまだまだ熄《や》みそうにない。古来、騎月雨は、霖雨になると言われる。

だが、光秀は雨が嫌いではない。

——雨は追憶をうながすから……。

脳裏をさまざまな思い出がかすめた。

光秀は、美濃の豪族である土岐《とき》一族の支流、明智家に生まれた。明智家は代々、幕府の奉公衆となる家柄だった。だが、当時の美濃を治めていたのは斎藤道三。その道三が嫡子《ちゃくし》義龍と争い、道三側についた光秀は、義龍に攻められて敗れ、以後、諸国を放浪した。

越前《えちぜん》の朝倉義景《あさくらよしかげ》の下にいたとき、暗殺された足利義輝《よしてる》の次に将軍となるべく朝倉を頼って来た足利義昭に仕《つか》えることになった。といっても、足軽衆の一人としてである。

光秀は持ち前の怜悧《れいり》さで、有能ぶりを発揮した。それでも、地位の低さ、扱いの悪さに唇を噛《か》む日々だったのである。

だが、ここで足利義昭を助けた織田信長と出会い、気に入られて、家臣として引き抜かれたのだった。

忘れもしない、信長との出会い。

永禄八年（一五六五）、足利義昭の家来になっていた光秀は、義昭への支援を願うため、岐阜《ぎふ》城へと赴《おもむ》いたのだった。

岐阜城は、光秀にとって懐かしい場所だった。光秀は、信長の正室である濃姫《のうひめ》のいとこにあたり、子どものころからしばしばこの城を訪れていた。このとき使者の役目を買って出たのも、濃姫との縁故を頼ったからだった。

信長との初対面の挨拶のときも濃姫は同席してくれた。そのためもあって、最初からざっくばらんな話になった。

光秀は、足利義昭を助けて京に入れば、信長の名は天下に広まりましょうと訴えた。

「わしの名を天下に……。それからは？」

「京入りはひとまずのこと」

と、光秀は言った。

「ひとまずとな」

「世は移ろいますゆえ、なにがどうなるかはわかりませぬ」

「それで？」

「見定めながら、将軍の威光を守りながら、着々と領土を広げられるのがよろしいかと。手始めに京の周辺から尾張《おわり》までの一帯を平定なさって……」

光秀は諸国のようすを雄弁に語った。

信長はぼぉーっとした顔で、光秀の話を聞いた。ときに聞いていないのではないかと、疑ってしまうほどである。上の空、とまでは言わないが、片方の耳だけで聞き、もう片方は閉じているという態度だった。

ときおり、別段面白くもないところで、にやりと笑った。その笑いは、決して阿呆《あほう》のようではなかった。

「わかった。考えて、早いうちに使者を送ろう」

と、信長は約束し、

「濃姫と話して帰るがよい」

そう言っていなくなった。

信長の背を見送った濃姫は、静かに微笑んで、

「妙な人でございましょう」

と、言った。

「妙ですか？」

「装っているわけではないの。もちろん、うつけでもない。妙なのよ」

「ははあ」

「わらわの父上も妙でした」

「道三さま」

「でも、信長さまはもっと妙なの。だから、とんでもない生涯を送るでしょうね。光秀どの。助けてあげて」

濃姫は囁《ささや》くように言ったのだった。

信長と出会わなかったら――。

その後も、落ち着かない流浪《るろう》の生涯を送るはずだったと、光秀は思うのである。

運に乏《とぼ》しい男が、信長という強烈な男と出会って、初めて運を摑んだ。頑張《がんば》れば報《むく》われる初めての境遇を得た。

以来、光秀は信長のため、ひたすら奔走《ほんそう》して来た。

その忠義ぶりは、誰にも負けない自信がある。

「上さまはいま、人生最大の危機に瀕《ひん》しておられるのだ……」

十一

長い宴だった。

信長もいつもより酒を飲み、酔った公家たちを相手に話をした。

蘭丸からすると、公家たちの話はそれなりに面白いのである。愚にもつかない話にも、どこか洒落たところがあるのだ。

武士と違って、武骨で、なにかあれば刀を持ち出すという日々は送っていない。その分、会話を洗練させてきたのだと思う。

だが、信長は違った。

うんざりしてきているのが、顔に出ていた。

信長と目が合った。すうっと、妖《あや》しく潤《うる》んだように見えた。

信長は厠《かわや》にでも立つような調子で立ち上がると、蘭丸のそばに来て、

「参れ」

と、囁《ささや》いた。予感はあった。愛でられるという予感。

蘭丸は信長に従い、御殿について来た。

なかに入り、蜜《みつ》でつくったろうそくの燭台《しょくだい》に火を点《とも》すと、壁一面にさまざまな武器が所狭しと並んでいるのが見えた。

「上さま。増えましたね」

もともと信長は、変わった武器に強い興味があった。

若いうちに、ふつうより長い槍を使わせるようにしたのも、まだ目新しかった鉄砲をいち早く揃えさせたのも、武器への強い興味から来たことだった。それはいまもつづいていて、武器道楽と呼べるほどになっている。

「む。本能寺で集めておいてくれたものもあるのでな」

「この寺がですか?」

「ここは種子島《たねがしま》など、南方の島々に布教に行き、唐土や南蛮ともつながっている。だから、彼《か》の地の武器も入手できるのよ」

「本能寺を通して鉄砲が入手できるとは聞いてましたが、そうか、鉄砲だけではないのですね」

「この坊主どもはしたたか者ばかりよ」

三《み》つ叉《また》になった槍。

やけに細く長い剣。

たしか弩《ど》と呼ばれる大弓……。

信長はここに集めた武器を実戦で使えるかどうか、頻繁《ひんぱん》に試したりもしている。

居並ぶ武器は、火の明かりに照らされると、異様な迫力を感じさせた。それらがもたらしてきたであろう死の匂いもした。

「だが、いまに、本能寺の坊主も仰天《ぎょうてん》する、面白いものがここに並ぶ」

「面白いものですか？」

「一つはまもなく届くはずだ。長い、長い刀がな」

「ずいぶん長いようですね」

「もう一つは……ふっふっふ。出来上がってからの楽しみにせよ」

「上さま。それはもしかして、安土城の小部屋で、あの綿貫与四郎《わたぬきよしろう》とか申した細工師《さいくし》とともにつくろうとしていたもの……？」

蘭丸はずっと気になっていたのだ。信長がひそかに夢中になっているもの。それはこれからの戦を変えていくだろうとも語っていた。

「そんなことより、お蘭」

信長は蘭丸を抱きすくめて、

「酒が入り、あの公家どものくだらぬ話を聞いているとき、そなたの顔が見えた。急に恋しくなってしまった」

と、言った。

「嬉しゅうございます」

むろん蘭丸の本心である。誰よりも猛々しい武将になって、誰よりもやさしく信長に可愛いがられたい。

「お蘭。握れ」

「は」

すでに逞《たくま》しくなっていた信長の珍宝を握った。信長の息が荒くなった。

「のう、蘭丸。そなたもせっかく城主にさせてやったのに、なかなか城には行けぬのう」

「そんなことより、上さまのおそばに居とうございます」

「城主というのも楽ではないぞ」

「そうなのですか」

「この珍宝も、城主は一本では足りぬ。四本要る」

「四本もですか」

面白そうな話に愛撫《あいぶ》がおろそかにならぬよう、気をつけている。

「一本は正室のもの」

「ああ、はい」

それは当然だろう。正室の長男こそ嫡子となる。

「正室は、政略そのものだ。だが、大事にしなければ信義にもとる。わしはいまだって、濃姫と床を共にするぞ」

「それは」

濃姫はいくつになっただろう。信長にはひどく律儀《りちぎ》なところがあった。

「二本目は、側室たちのものだ」

「はい」

「これは好きで選んだ女たちだから、珍宝も使いたいだけ使う」

「そうでしょう」

蘭丸は笑った。

その笑顔に、信長は愛《いと》おしそうに高い鼻梁《びりょう》を押しつけてくる。口を吸われた。

「三本目は、近親のおなごたちのものだ」

と、信長は言った。

「近親のですか」

どういう意味か、蘭丸は咄嗟にわからない。

「ああ。城主ともなると、自分の座が脅かされることが心配になる。そのとき頼りになるのは、やはり近親者だ」

「なるほど」

「近親者との絆を固くするには、おなごを手元に置く。弟の義理の従姉妹《いとこ》。叔母《おば》の義理の妹。いろいろおるわな。手元に置けば、ひっきょう珍宝で可愛がってやらねばならぬ。わかるな」

「はい」

「四本目はそなたたち、いわゆる寵童《ちょうどう》のものじゃ」

「はい」

「何本目の珍宝がいちばん喜んでいると思う？」

「それは、四本目だと思いたいです」

「むろんだ。そなたたちとわしは、こうすることで心もつながる。深いところでわかり合えるのは、やはり男だ。純粋な恋情をかわすことができるのも、男同士に限られる。だが、残念なことに、おなごにしか子は産めぬ」

「だからこそ、気持ちも純粋なのだと思います」

「そうだな」

信長はうなずき、蘭丸をゆっくり裸にした。

鍛え上げた裸が露《あら》わになった。

信長はそれをじっと見て、自分も脱《ぬ》ぎ出した。かつては相当、細身で、贅肉《ぜいにく》もなかったはずの身体だが、いまは下腹あたりがいくらか柔らかそうになっていた。蘭丸はその懶惰《らんだ》な衰えも、愛おしく思った。

信長は、両方の手の指先で、蘭丸の身体の表面をゆっくりと撫でた。快感に蘭丸は身悶《みもだ》えした。むろん蘭丸の珍宝も激しく怒張している。

「上さま。次はわたしが」

「む」

蘭丸は同じように信長の全身を撫でた。信長は脇腹を撫でるとき、

「くう」

快感に耐えられず声を出した。それはいつものことでもあった。

「そろそろ入れたくなってきた」

と、信長は言った。

「は」

蘭丸は壁に手をつき、立ったまま後ろを向いた。

「油を塗ろう」

と、信長は言った。珍宝に油を塗れば、潤滑《じゅんかつ》に痛みなく挿入できる。

「上さま、そのままで」

と、蘭丸は頼んだ。

「痛かろう。よいのか？」

「その痛みがいいのです」

嘘《うそ》ではない。痛みに耐え、信長の珍宝が奥まで収まったとき、痛みはえもいわれぬ喜びに変わる。

「わかった」

だが、信長も痛いはずである。しかし、蘭丸の両方の尻を広げながら、ゆっくりと入ってきた。

十二

御殿の外に出て回廊のところに立つと、また雨が強くなっているのがわかった。蘭丸が軽く身震いするほど冷え込んでもきていた。

渡り廊下の庇《ひさし》から落ちる滴《しずく》が、平たく見えるほどになっていた。

「熄まぬな」

と、信長は言った。

「上さま。御殿の床がだいぶ湿っぽくなっておりましたが、乾拭《からぶ》きでもさせておきましょうか？」

蘭丸は、後ろから信長に訊いた。

「うむ。それはよいな」

「寝台だと、湿気は防げますか？」

「まったく違う」

「上さまは、雨はお好きですか？」

蘭丸は訊いた。

「雨か。そう言えば、桶狭間《おけはざま》のときもこんな雨が降っておった」

好きかどうかは答えなかった。

だが、信長は雨が好きなのではないかと、蘭丸は思った。

——ん？

蘭丸は、渡り廊下のなかほどで立ち止まった。

「上さま。しゃがまれて！」

咄嗟に、信長に覆《おお》いかぶさるようにした。

「どうした？」

「いま、火薬の臭いがしました」

雨の匂いのなかに、妙な甘さを含んだ、あの独特の臭いが混じっていた。

「この雨のなかでか」

「濡らさぬようにして潜んでいれば、撃つことはできます」

「出合え！　曲者がいる！　鉄砲を持っているぞ！」

近くにいた小姓がばらばらと六、七人ほど駆け寄って来た。廊下の下にも三人ほど来ている。

「向こうだ」

蘭丸は左手の森のほうを指差した。

小姓たちが小腰をかがめながら、森のほうへ走った。

信長を御堂にもどし、蘭丸もまた火薬の臭いを追った。

だが、追跡はすぐに終わった。

「蘭丸」

小姓の高田虎竹が呼んでいた。

「どうした？」

「ほれ」

虎竹は地面を指差している。

男が倒れていた。胸に短刀が刺さっている。

「虎竹がやったのか？」

「違う。逃げられないと思って、自分で刺したのだろう」

血が流れつづけている。そのそばには、鉄砲が転がっていた。火縄は雨ですでに火も消えていた。

「どうやって潜入したのだろう？」

蘭丸は、虎竹の顔を見ながら訊いた。

「わからぬ。門からは怪しい者は入れぬはずだが」

「あるいは、すでに入ってしまっていたか」

蘭丸の胸に不安が広がった。

そもそも、この寺の坊主たちは本当に味方となっているのだろうか。

これまでの比叡山や本願寺《ほんがんじ》に対する戦を見聞きしてきて、信長に好意を抱く寺があるのだろうか。僧侶たちは皆、いつ、比叡山や本願寺のような目に遭《あ》わされるかわからないと思っているのではないか。

蘭丸は宴にもどった信長に報告した。

「鉄砲の射手？」

「われらに見つかったことを知って、自害しました」

「ならばよいではないか」

「上さま。ぜひとも馬廻り衆をお呼び願います」

蘭丸は懇願した。

「それは要らぬ」

蘭丸の血相に気づいた近衛前久が、

「どうかなさいましたか？」

と、訊いてきた。

だが、信長は平然として言った。

「わしを鉄砲で狙っている者がいたらしい」

「なんと」

宴はつづけられた。

十三

「噂を聞いたのだ」

と、花山院高雅が言った。酒は弱いらしく、顔はずいぶん赤くなっている。

「どんな噂だ？」

蘭丸が訊いた。いつの間にか対等な口を利《き》いていた。

「信長どのには妹君がおられる。ほら、浅井長政《あざいながまさ》に嫁《とつ》がれた」

「ああ、お市《いち》さまだな」

お市は、浅井長政が信長に敗北したとき、助けられ、いまは三人の娘とともに、信長の弟・織田信包《のぶかね》が主となっている清洲《きよす》城にいる。

「絶世の美女だそうな」

「そりゃあ、もう」

蘭丸も一度だけお目にかかったことがある。まるで人形のように小さなお顔で、整い過ぎていて、笑い顔が奇妙に思われるほどだった。戦国一の美女という噂も間違いないと思った。

「そのお市さまは、信長どのの妹ということになっているが、じつは信長どのの従兄弟《いとこ》の娘らしいと」

「…………」

それは蘭丸も聞いたことがある。

だとしても異例のことではない。親戚の娘を養女にし、娘として嫁にやるのはしばしばあることだし、妹にする場合もあるだろう。

「ただ、お市さまが浅井長政のところに嫁いだとき、すでに二十二歳になっていた。絶世の美女であるお市さまが、二十二歳まで嫁に行かなかったというのは、蘭丸は不思議に思わぬか？」

「え？」

なにを言おうとしているのだろう。

「しかも、浅井長政に嫁ぐとき、お市さまはすでに女の子をなしていた」

「まさか？」

「名はたしか茶々《ちゃちゃ》さま」

「あ、聞いたことがある」

お市さまは、子連れで浅井長政のところに嫁に行ったのだと。ただ、お市さまは絶世の美女だし、気立てもやさしい人だったので、長政はお市さまをこよなく愛でたのだと。

「茶々さまも、お市さまに似て、これまた絶世の美女になりそうだというな」

「そうらしいです」

「蘭丸。こんなふうには思わないか？　お市さまは、どこにも嫁に行かずに二十二歳まで信長さまのもとにいて、子連れで嫁に行った。とすると、もしかしたら茶々さまの父親は？」

高雅はからかうように蘭丸を見た。

「…………」

蘭丸は、高雅の言おうとしていることをようやく理解した。それは、思ってもみないことだった。

蘭丸は高雅を殴ってやろうかと思った。

だが、まるっきりでたらめを言っているようには思えない。

蘭丸は、さっき信長から聞いた話を思い出した。四本の珍宝の話。三本目の珍宝は、まさかお市さまにあてはまることだったのか。

蘭丸は、殴ることは思いとどまった。

するとと、高雅は、さらにとんでもないことを言った。

「信長どのは、その茶々さまを嫁にやる先を腐心《ふしん》しているらしい。いったい、どこに嫁にやろうとしていると思う？」

ふいに訊かれ、蘭丸は頭がうまく働かなかった。

「え？　毛利《もうり》か？」

「馬鹿な。毛利はこれから信長どのが、力ずくでつぶそうとしている家ではないか。そんなところに嫁になどやるものか」

「どこだ？」

「いま、二条城におられるではないか。帝の御子、誠仁《さねひと》親王が。あるいは、誠仁さまの御子の和《かず》仁《ひと》さまが」

「え」

蘭丸は愕然《がくぜん》とした。

花山院高雅の言ったことは、これまで蘭丸が疑問に思っていたことと、大きく重なり合う話だった。

十四

「やはり、怪しい者が大勢、動き出しているらしいですな」

そう言いながら、斎藤利三が光秀のいる部屋に入って来た。後ろには、京からもどって来たばかりの家臣がいる。蓑笠をつけて来たのだろうが、それでも髷《まげ》や着物は滴がしたたるくらい濡れているのがわかった。

「伊賀者《いがもの》らしき者も入っていたとか」

報告を受けた斎藤利三が言った。

「伊賀者？」

「はい。森蘭丸が討ち果たしたそうですが」

「蘭丸がな」

信長がこの数年もっとも可愛がってきた小姓である。見た目もきれいだが、蘭丸は心根が純である。夢を見ているような、ひたむきさを感じさせる。ああいった若者は、信長のように屈折した若い時代を送って来た人間には、さぞや眩《まぶ》しく、好もしく見えるに違いない。

「また、何者かが鉄砲を向けようとしていたそうです」

「なんと」

「それも蘭丸に見つけられ、自害したようです」

「まったく本能寺に門はないのか」

光秀は腹立たしそうに言った。

斎藤利三は、使いを下がらせると、

「蘭丸は、刺客はまだまだいると、警戒しているようです」

「当然いるだろうな」

「いちおう信忠さまの兵を回してもらったりしているようです」

「それでも足りぬ」

と、光秀は言った。

「はい」

「上さまを殺したい者がどれほどいるか」

「でしょうな」

「いまこそ、そうした者たちにとって、千載一遇《せんざいいちぐう》の機会なのだ。この数日のうちに、おそらく大勢の刺客が上さまに襲いかかるに違いない」

「この数日のうちに？」

「そうだ。しかも、ほかの誰が失敗したとしても、家康はしくじらない」

「ほう」

光秀は、五月十五日から十七日のあいだ、安土城を訪れていた徳川家康と穴山梅雪《あなやまばいせつ》の接待に当たったのだ。

穴山梅雪は、旧武田家の一門衆で、長篠《ながしの》の合戦のあと、家康の誘いで信長に内通《ないつう》し、武田家の滅亡に寄与していた。このため、旧領は安堵され、そのお礼に家康とともに来ていたのだ。

「あのときの家康を思い出すと、やはり上さまの気持ちがわかっていたと思う」

と、光秀は言った。

「なにかおっしゃってましたか?」

「口にはしなかったが、ときおり沈痛な面持ちで考え込むことがあった。けっして上さまに心を許していなかったし、楽しそうでもなかった。上さまが、徳川どのの饗応が手ぬるいとわしを叱ったのも、徳川どのの楽しまぬようすを見て取ったからだろう」

「そうでしょうな」

斎藤利三は家康びいきである。口にしたことはないが、光秀にはわかる。

「だが、家康だって黙って討たれはしない」

「慎重なお方ですからな」

「家康だけではないぞ」

「やはり」

「秀吉《ひでよし》」

と、光秀は憎々しげにその名を言った。

「はい」

「だが、秀吉はわしらが押さえ込んである」

「今度も大丈夫だと思います」

「まず、朝廷がかならず上さま暗殺に動く。このままでは、上さまに朝廷を乗っ取られるのは明らかだからな」

「でしょうな」

「いま来ているという島井宗室」

「島井も動きますか？」

「むろんだ。背後には間違いなく博多商人や堺衆がいる」

「連中は知恵が回る。怖いですな」

「利休はこのたびの家康の接待をおおせつかっている。もしかしたら、家康と利休、そして島井あたりは、すでにつるんでいるやもしれぬ」

「なんと」

「まだいるぞ」

「伊賀者ですか」

「伊賀者などもはや恐れるに足りぬ」

「足利？」

「義昭ももうなにもできぬ。それより、本願寺とは和睦《わぼく》したが、上さまは宗教勢力の恨みを買っている。それは、本能寺も同じこと」

「いま、宿泊しているではありませんか」

「さよう」

「そうですか。本能寺は、まずいですなあ」

斎藤利三は絶句した。

「上さまは、もう四面楚歌《しめんそか》だ。家康をおびき寄せようとして、自ら罠《わな》の真っただ中に嵌《は》まったのだ」

「なんとしたこと」

「上さまは、この数日中に命を落とされる。天命を全《まっと》うすることはできぬ」

光秀はそう言うと、激しい悲しみがこみ上げてきて、ひとしきり嗚咽《おえつ》した。

「しっかりなされませ」

「こたびのことは、上さまのしくじりだ。ここまで来て、敵を舐《な》めたのだ。あの上さまにしても、思い上がって罠に嵌まるのだ。なんということだろう」

光秀は、薄くなった頭を掻《か》きむしった。

「どういたしましょう？　本能寺に駆けつけますか？」

「そんなことをしたら、上さまは間違いなく激怒なさる。なにをしに来たのかと。家康を討つ邪魔をしおったとな」

「でしょうな」

「………………」

光秀の目がうつろになっている。なにか、考えごとにふけっているのだ。利三にはおなじみのようすだった。だが、いつもより、眉間の皺《しわ》が深い。

「殿？」

「………………」

このとき、どれくらいの時が流れたのだろう。

斎藤利三は後になって、「さほどのあいだでもなかった」と言ったが、光秀自身はさまざまなことまで考え抜き、ずいぶんまんじりともせずにいたように思えた。

その突飛な考えが浮かんだとき、光秀はおのれの気持ちが信じられなかったのである。

だが、それはまさに、誰に言われたわけでもない、自身が見つけ出した答えだった。

「であれば、わしが上さまを討つ」

と、光秀は言った。

それは、光秀自身が驚いたほど、意外な思慮の流れだった。

「いま、なんと？」

斎藤利三は訊き返した。

「わしが討つと言った」

「上さまを？」

「ああ。こうなったら、上さまをもっとも慕う者が、上さまを討つ資格がある」

「殿、よく、お考えを」

「む」

「いまの上さまを討つということは、すなわち天下をお取りになることに他なりませぬぞ」

「わかっておる」

「そのご決断をなさったのですな」

「した」

秀吉も、家康も、そのつもりなのだ。この光秀がして、なにがいけないのか。

「では、京に？」

「向かう。支度をさせよ」

「家臣にはなんと？　兵にも伝えるのですか？」

「主《おも》だった家臣には、京に入るころに告げる。兵士にはぎりぎりまで伝えぬ」

「わかりました」

斎藤利三は、家中の侍大将や物頭《ものがしら》たちを集めた。

「出発の支度をいたせ」

と、光秀は命じた。

「戦ですか?」

侍大将の一人が訊いた。

「いや、さきほど森蘭丸の使いが来た。上さまが、わが軍の陣容を検分《けんぶん》なさりたいそうだ」

光秀は、小さな用を一つ果たすくらいの調子で言った。

申《さる》の刻《こく》(午後四時)になっていた。

十五

本能寺の御堂の宴では、歳のいった公家二人が、能楽を披露していた。

あまりにものろのろとした舞で、眠気に誘われるため、誰も見ようとはしない。公家たちは銘々、勝手なおしゃべりに興じていた。

蘭丸は、信長のところへ中腰になって近づき、

「上さま。お公家さまたちに、夕食をふるまわれるので?」

と、小さな声で訊いた。

であれば、その支度がいる。これだけの数の膳を揃えるとなると、容易ではない。しかも、蘭

丸は警護の心配もしなければならない。

会食の最中、このいかにも腑抜けのような顔をした公家たちが、いっせいに抜刀して信長に襲いかかることが、ぜったいにないとは限らない。

「どういうつもりかな。こいつらは、そこらは察せよというのだろうな」

信長は、苦々しい口調で言った。

「察すればどうなります」

「こいつらは御馳走になるのがなにより好きなのだ。もちろん期待しているだろう」

「では」

女中たちに言って、支度をさせるしかない。

「よい、蘭丸」

立ち上がろうとする蘭丸を、信長は止めた。

「は？」

「夕食など出すものか。そこまで付き合っている暇はないわ」

「では？」

信長は、嬉しそうに酒の追加を頼んでいた関白の藤原内基に向かって、

「関白どの。この信長、明日はいろいろとやらねばならぬことがありましてな」

と、言った。

「あ、そうであったな。いや、あまりに楽しくて、ついつい長居をしてしまった。では、そろそろ」

藤原内基がそう言ったので、ほかの公家たちも慌てて帰り支度を始めた。

御堂の出入口に来て、

「まだ降っておるのか」

近衛前久がうんざりしたように言った。

「帝に雨禁獄《あめきんごく》でもしていただこうか」

と、藤原内基が言った。

「雨禁獄？」

信長が訊いた。耳慣れない言葉だった。

「昔、白河院《しらかわいん》さまが、金泥一切経《こんでいいっさいきょう》を法勝寺《ほっしょうじ》で供されようとなさったとき、ひどい雨で三度も延引《えんいん》なさったことがありましてな。それで院はたいそうご立腹なされ、降る雨を器に入れ、獄舎に閉じ込めなさったのですよ」

「あっはっは。洒落たことをなさいましたな」

信長は笑った。

「御所にはそんな話ばかりです」

「なにせ千年ですからな」

「え？」

「一年は短い」

と、信長は言った。

「まことに」

と、関白の藤原内基はうなずいた。

「だが、千年は長い」

「それはまあ」

「しかも、人間には見ることのできぬ時の量だ。だが、朝廷はその歳月を生き延びてきた。たいしたものよ」

信長はいつになくしみじみとした口調で言った。

「たいしたものなのでしょうか」

藤原内基は自嘲《じちょう》気味に笑った。

「武士の世になっても、帝の地位はずっと保たれてきた。そうした絶妙な世渡り術は、いったい誰が授けたのかのう」

信長は首をかしげた。

信長の思惟《しい》を断ち切るように、

「信長どの。京にはいつまで？」

と、近衛前久が訊いた。

「む。用が済んだら出て行く」

「明日は？」

「徳川家康と茶を飲む」

公家たちは、酔いと疲労のため、ふらふらしながら帰って行った。

十六

それから、信長は御堂の囲炉裏のところにもどり、残っていた島井宗室と話を始めた。島井宗室は、信長が帰って行く公家たちに挨拶をしているあいだ、御殿のほうにあるもう一つの茶室を見せてもらっていたらしい。信長が寝る前に白湯《さゆ》を飲んだりするところである。

長谷川宗仁も帰ったので、今度の茶は島井が点てた。

当初はなごやかな対話がなされていた。

「上さまに、この茶を召し上がっていただきたくて持って参りました。体内に溜まる毒を流してくれると言われています」

島井は袂から取り出した袱紗《ふくさ》を、信長の膝元まで押し出した。

「ほう」

「長く煎《せん》じなくてもかまいません。茶碗に少量入れて、湯を注ぎます。葉が広がれば、飲むだけです」

島井はそう言って、自ら毒見でもするように、飲んでみせた。

「どれ、わしも」

と、信長も含み、

「む。口中がさっぱりするな」

「そうでございましょう。寝る前に飲んでも、茶と違って眠れなくなることはありませぬ」

そうなのだ――と、蘭丸は思った。信長は茶に敏感なのだ。茶を飲むと、頭がひどく冴《さ》えてきて、眠れなくなると、かつてそう言っていた。だから、茶の湯は決して好んでしていることではない。

「そうか。よいものをもらった」

そのあと、急に声が低くなった。蘭丸は部屋の隅に座ってようすを窺っていたが、話の中身はときおり聞こえてくるだけだった。

だが、二人の表情から察するに、相当、重大なことが話し合われているらしかった。

「海賊たちは、明軍のこともよく知っているでしょう」

「そやつらを捕まえてようすを訊くか」

「そのほうが」

「だが、わしは急いでいる」

そんな話が聞こえた。

海賊。

明軍。

聞き慣れない言葉が出ていた。

――上さまはなにをしようとしているのだろう。

もしかしたら、毛利を攻め滅ぼしたあとのことではないか。

「島井。武器の手配も頼む」

「承知しました」

「弩というのはよいのう」

「そうでございましょう。唐土では古くからある武器です。なぜか日本では普及しませんでした」

「わしが使えば広まろう。鉄砲もわしが使わなかったら、これほどには広まらなかった」

「おっしゃる通りです」

と、島井はうなずき、

「上さまは魏《ぎ》の曹操《そうそう》を……」

と言った。そのあとは聞こえなかった。

信長の顔が見る見る不機嫌なものになった。
蘭丸は驚いた。
魏の曹操というのは、たしか三国志《さんごくし》の英雄ではなかったか。
それでなぜ、あんなに不愉快そうな顔をしたのか。
「ですが、曹操を超えて……」
もう一度、島井は言った。
しばらく、よく聞こえない話がつづいた。
すると、信長はずいぶん気を取り直したようだった。
静かな話はまだ終わらない。
蘭丸はいったん席を外し、外へ出た。また、境内を一回りして来るつもりだった。

十七

蘭丸は弥助ら数人を連れ、周囲を見回った。
御堂の近くで、もともと寺の台所があった一角を、信長の滞在中は使わせてもらうことになっているが、その近くの暗闇で、
ぽとぽとっ、ぽとぽとっ。

と、音がした。

「なんだ、いまの音は？」

曲者が立てた音にしては、おどけた気配があった。

槍を構えながら、音のしたほうに行った。

真っ暗な、濡れた木下闇《こしたやみ》。まるで女の秘所のようではないか。

蘭丸は背筋がぞっとした。

「火を向けろ」

浮かび上がったのは葉をしげらせ、雨に濡れそぼたれたさほど大きくもない一本の木であった。

「梅の木か」

蘭丸はほっとして言った。

「よう、実が生《な》って」

弥助が木の真下から見上げて言った。

葉叢のなかに、むくむくと梅の実がいっぱい育っている。

松明《たいまつ》の明かりのなかですら、薄緑の色が鮮やかである。すでに熟して、黄ばんだものもある。

「落ちたのだな。梅の実が。ぽとりぽとりと」

「そうみたいだ」

松明を濡れた地面に向ければ、黄ばんだ梅の実が、いっぱい落ちていた。死んだ兵士たちのようにも見えた。

「ん？　そこに誰かが」

その梅の木からすぐ横の、躑躅《つつじ》の木立の陰に、男がかがんでいた。怯《おび》えたような顔をしている。

「誰だ、きさま？」

松明の火を向けて、蘭丸は訊いた。

「あ、あっしは五郎作《ごろさく》といいます」

「ああ、こやつは寺男です」

弥助が言った。

「はい。寺男の五郎作です」

貧弱な身体の男で、目がきょろっとして妙な愛嬌《あいきょう》はある。

すると、ちょうど台所のほうから出てきた織田家の女中が、

「なによ、五郎作、また、のぞいていたの？」

と、蘭丸たちの背中越しに声をかけてきた。

「そうじゃなくて、取れ立てのきゅうりと茄子《なす》をやろうと思って」

じっさい、籠にきゅうりと茄子が幾本かずつ入っていた。

「この人は大丈夫ですよ。もう二十年もこの寺にいるらしいです。器用だから、いろんなものをつくってもらってるの」

と、女中が言った。

「女を喜ばす木偶《でく》だってつくれますだ。へっへっへ」

「やあね」

女中は、心底、軽蔑《けいべつ》したように顔をしかめた。

疑うに足りない、まぎれもない初老の野卑《やひ》な寺男だった。

と、そこへ——。

「蘭丸。そっちに見たことがない女がいるぞ」

小姓の一人が告げた。

「なんだと」

台所のなかである。

皿を洗っていた。一所懸命働いているふうで、とくに怪しい者には見えない。

だが、織田家の女中も、小声で、

「知らない女です」

と、言った。密偵《みってい》ではないか。

「そなた!」

蘭丸が声をかけた。

「はっ」

女はぎくりとして振り向いた。

「どこから来た？　明智さまのところからつかわされました」

「明智どの？」

「信忠さまのご家来から、こちらに客が大勢来て、人手が足りずお困りだと聞いたもので……ご迷惑だったですか？」

女は不安げに訊いた。

明智光秀は二条に屋敷を持ち、家臣を常駐させている。そこで働いている女中が、親切心で手伝いに来たのだった。

蘭丸は、一つ下の弟である坊丸《ぼうまる》たちと顔を見合わせ、

「いや、そんなことはない」

と、答えた。

「ああ、よかったです」

女は、いかにも善良そうな笑みを浮かべた。

ふと、さきほど、ことを終えたあと少しだけかわした、信長との話を思い出した。

「蘭丸はどんな女が好きだ？」

と、信長は訊いたのだ。

「女などは」

正直、興味はなかった。それはいまもである。

「考えないでもあるまい」

じっさい、跡継ぎのことは考えなければならない。

「あ、よく笑う女がいいですね」

ふいに思いついて、そう言った。

すると信長はうなずき、

「それはいいな」

と、感心したように言った。

「ええ」

「なぜ、そう思った」

「わたしの母はあまり笑わない人でしたので」

いつもどこか悲しげだった。その母は老いて、いまは長兄のところにいる。

「笑わぬくらいならよい。わしの母は怒っているところしか覚えがない」

「そうでしたか」

「だが、お蘭の気持ちはわかる」

うつむいた信長の顔に、蘭丸は胸が締《し》めつけられた。叱られた少年のようにも見えた。

信長は、生母の土田御前《どたごぜん》と幼いうちに離され、那古野《なごや》城主となった。生母から離されてお守り役に育てられることは、武将の子なら珍しくはないが、たまに会う生母はあまりにも信長に冷たかった。
十三、四歳前後だったらしいが、父信秀の城である末森《すえもり》城を訪ねた際、信長が城のなかを歩いて来るのを見て、生母は姿を隠したのだという。「隠れたのだぞ、わしを見て。よくよくわしが嫌いだったのだろうな」と、信長は蘭丸と抱き合いながら、そう語ったことがあった。そのときの信長の顔は、強い憎しみをたたえていた。
「上さまは、明智さまにもこのようなことを?」

と、蘭丸は訊いた。

「馬鹿な。なんでわしが、あんな薄汚いケツに」

「安心しました」

「なぜ、そうしたことを訊く?」

「一度、明智さまの表情を見た際、もしかしたら明智さまもと思ったのです」

「安心せい。あれとは、そのような仲になったことはないわ」

と、信長は笑った。

だが、信長をもっとも慕っているのは、明智光秀ではないのか。

蘭丸はずっと、そう思ってきた。

──自分よりも……。

とは思いたくない。

それでも、信長と関わった年月を言えば、十八歳の自分は明智光秀にはぜったいに勝てない。

そして、こういうときは、明智光秀こそ、もっとも頼りになる武将のはずだった。

羽柴《はしば》秀吉は裏切る。いちばん怪しい。

柴田勝家《しばたかついえ》はじっさい過去がある。

だが、明智光秀は裏切らない。誠心誠意、信長に尽くしつづける。

信長を真摯《しんし》に慕う者だけがわかる勘《かん》だった。それにはもちろん、嫉妬の気持ちが混じってしまう。

「明智どのはいま、どこにおられたかな？」

蘭丸は、目の前にいる明智家の女中に訊いた。

「さあ。あたしなどは知りませんです。坂本《さかもと》のお城ではないので？」

「そうだな」

とは言ったが、明智光秀はいま、丹波攻略のため、亀山城にいるはずだった。

十八

明智光秀は、ちょうど丹波亀山城を出立するところだった。

昨日までは、こんな出兵をしようとは想像もしていなかった。わずか三十人で京入りした信長を、ひたすら案じていた。

――だが、決心というのは本当に瞬時にしているのだろうか？

光秀はふと、そう思った。

じつは、何年もかけて、自分ではっきり意識せぬうちに、準備を整えていたのではないだろうか？　信長に忠誠心を抱きつつ――それが嘘だったとは思わないが、その一枚下には、いつかかならずこの男を超えてやるという、反逆の芽を育てているのではないか。忠誠心というのは、上下関係のなかに現われる気持ちゆえ、もともとそういうものなのではないか。

「光秀さま！」

大手門のところにいた光秀のもとへ、京からの使いがやって来た。この使いは、朝から二度目である。

光秀の前にひざまずき、

「茶会が終わると、酒宴になりました」

と、告げた。

「公家たちは機嫌がよかったのだろうか？」

「そのようです」

「ふうむ」

光秀は納得のいかない顔をした。

「その後は？」

「御殿に入って、島井宗室と茶の湯の席を」

「島井宗室と……それはいかんな」

なにか細工をされているかもしれない。

「それと、囲碁《いご》打ちが対局をおこなう予定もあるとか」

「よし」

信長は、今晩もこのまま本能寺に宿泊するのだろう。

暗殺が成功してしまうか。それともこの光秀の軍が間に合うのか。

「支度はよいか？」

「整いました」

次々に侍大将たちの報告を受けていた斎藤利三が答えた。

亀山城を出発する。光秀は馬上から振り返って、亀山城の天守を見た。雨のなか、篝火《かがりび》の明かりで、白壁の天守が赤く浮かび上がっている。

――この城にふたたび帰る日はあるのだろうか？

途中、野条《のじよう》（現亀岡《かめおか》市篠《しの》町）で、城には来ず、まっすぐ駆けつけて来た兵士たちをまとめ、勢揃いをおこなった。

六千の兵が、京を目指した。

戌《いぬ》の刻（夜八時）になっていた。

雨は強くなったり、弱まったりしているが、熄む気配はいっこうにない。夜空はひたすら真っ黒に塗りつぶされ、松明が照らす範囲だけ、雨の筋が浮かび上がっているようだった。

ここからは山道を行く。だらだら坂である。

雨で坂が滑る。

行軍の後ろに行けば行くほど、道は滑りやすく、転ぶ者が多くなっていく。

転べば、尻餅《しりもち》もつく。泥が尻や褌《ふんどし》に粘りついて、気色悪いことこの上ない。

「馬鹿野郎が」

足軽が叫んだ。

「誰に言ってんだよ」

足軽頭が訊いた。

「雨に言ってんだよ」

兵士たちは、夜中の、しかも雨中の行軍に、だいぶ機嫌を悪くしていた。

十九

同じころ――。

「蘭丸。頼んだぞ」

織田信忠が帰りぎわに、蘭丸に小声で言った。

「お前はずいぶん心配しているようだが、なにせ父上はああいう人だ。言い出したら聞かぬ」

「はい」

「大丈夫だ。妙覚寺から本能寺はすぐだ。なにかあれば、鉄砲を連射せよ。すぐに駆けつけて参る」

信忠の宿舎は、以前、信長が宿舎にしていた妙覚寺だった。妙覚寺は二条城のそばで、確かにここからも近い。

だが、この雨のなかでも、鉄砲の音は届くのだろうか。雨粒が音を吸い取ってしまうことはないのか。

蘭丸は、庇から手を出し、雨粒を手のひらに受けてみた。

ぬるい雨。嫌な感触。

それは女の囁きのように、いつまでも肌にからみつく気がする。

蘭丸は手についた雨を、手を強く振って、払い落とした。

少し離れたところから、二人のやりとりを察したらしく、

「近ごろ、お蘭はしつこくてな」

と、信長が笑顔で言った。

信忠は、その言葉の裏にあるものを感じ取ったらしく、眉をひそめ、視線を逸らした。

信忠を見送って、

「上さまはどうなさいます?」

「これから本因坊《ほんいんぼう》の囲碁を見物する」

「では、わたしも」

と、御堂の奥にもどった。

すでに二人が碁盤を前に向かい合っていた。

日海《にっかい》(本因坊算砂《さんさ》)と、林利玄《はやしりげん》。

囲碁が強いことで知られる二人だが、ともに若い。日海は二十四、利玄は十八である。二人とも本能寺の僧侶だった。

信長はこれをわきから眺めた。

信長は将棋も囲碁も好きである。自分で言うには、将棋のほうが強いらしいが、「囲碁のほう

が深い」とも言っている。

蘭丸は将棋のほうしかしない。

二人は、かなり早く石を置いていく。将棋のほうがもっと考えて打つような気がする。

だが、碁盤の半分ほどが黒白の石で埋まったころ。

突如、二人の指し手が止まった。

「これは」

信長が盤面に見入り、

「三劫《さんこう》か？」

と、不思議そうに訊いた。

蘭丸にはなんのことかわからない。信長の、あまりにも不思議そうな顔に、ハラハラする思いがした。

「なんだ、三劫とは？」

と、隣にいた高田虎竹に訊いた。

「劫というのは、千日手《せんにちて》のことだ」

「ああ」

千日手なら将棋にもある。その先は、互いに同じ手を打つしか方法がなくなってしまうのだ。

「それが盤面に三つも出現したみたいだ」

虎竹はのぞくようにして言った。離れているので、盤面を見ることはできない。

「こんなことがあるのか」

信長は唖然《あぜん》とした。

「きわめて珍しいことです」

と、日海が答えた。

「では、終わるしかないか」

「はい」

日海は神妙にうなずいた。

「面白いのう。わしも一人でいまの棋譜《きふ》を辿《たど》ってみよう」

「はい」

信長は、御殿にもどることにした。もう夜もだいぶ更けている。

信長の後から御殿に向かう途中、手すりのところに光る虫を一匹見つけ、高田虎竹がそれを捕らえた。

「蛍《ほたる》だ」

虎竹は子どものように嬉しそうに言った。

「大きいか、小さいか？」

蘭丸が訊いた。

「大きいな」

「源氏《げんじ》蛍だ」

蘭丸はがっかりしたように言った。

「だから、なんなんだ？」

「いや」

信長は、平氏《へいし》を自称している。

卜占《ぼくせん》にもならないことだが、いまは平家蛍であって欲しかった。

二十

京と亀山城の真ん中あたりにある山道である老ノ坂が、峠を越えて下りに差しかかったあたりである。

「利三。あれを見よ」

光秀は、道のわきから少し離れた右手を指差した。

巨大な光の渦があった。

青く、明滅を繰り返している。

「蛍の群れですな」

斎藤利三はうなずいた。

小雨が降っているのに、蛍の大群が乱舞していた。

「ちょうど湧き出たところなのだろう」

「こっちに来ますな」

光の群れがまさかこの行軍に餌《えさ》をねだるわけではないだろうが、飛ぶ雲のように迫って来た。

「止まるな。歩きつづけよ」

と、斎藤利三は言った。

行軍の先頭である。ここで光秀たちが止まれば、行軍に乱れが生じるのだ。

蛍の光のなかを、明智軍は黙々と歩きつづける。

蛍の群れのなかで、兵士たちが全身を青く輝かせながら話す声が聞こえた。

「おれたち、もう、死ぬな」

「なんで、そんな縁起の悪いことを言うんだ」

「見ろよ。こんなふうに蛍が飛ぶなかを歩いているおれたちは、ずいぶん薄気味悪いと思うぞ」

「たしかに。蛍ってのは気味悪いものだな。初めてわかったよ」

「たしか、酒呑童子《しゅてんどうじ》がいたという大江山《おおえやま》はこの近くだったな」

「それがなんだって言うんだ」

「いや、酒呑童子を退治しに行くような気がしたんだ」

こうした話を馬上で耳にしながら、光秀はかすかに微笑んだ。

酒呑童子ならぬ織田信長を討ちに行くと知ったら、この者たちはなんと言うだろう。

――わずか六千で上さまを討てるのか。

光秀はそうも思った。

これ以上、兵はいない。

信長はわずか三十人の供の者を連れただけで、安土城から本能寺に入った。

だが、京はすでに信長が制圧しており、あわや信長が危ないとなれば、そこここからすぐに四、五百の兵が駆けつけて来る。

おそらく馬廻り衆は伏せてあるのだ。一騎当千の親衛隊。

また、長男の信忠も五百ほどの兵を率いているから、それも加わるだろう。

千対六千。

これくらいの勝負になるはずだった。

それで、おそらく勝負は五分五分だった。信長の軍はそれほどに強いのである。

沓掛《くつかけ》村に着いた。いったん休止し、夜食を取らせることにした。

もはや子《ね》の刻（深夜十二時）になっている。

「侍大将と物頭を集めてくれ」

と、光秀は斎藤利三に命じた。

ここで、幹部たちには本能寺の信長を討つことを打ち明けることにした。

二十一

御殿のなかには、信長と蘭丸だけが入った。

高田虎竹はさりげなく、回廊の端のほうへと寄って行った。蘭丸が信長の寵愛を受けていることをわかっているのだ。遠慮したのだろう。虎竹は、そのことで蘭丸をからかったりすることはない。

蜜のろうそくの燭台に火を入れて、

「上さま。今宵は誰かをなかに」

と、蘭丸は頼んだ。

昨夜もこの御殿のなかで、たった一人で寝た。むろん、御殿の周囲には寝ずの番をする護衛が幾人も控えていたが、なかには信長ただ一人だった。

「よい」

「では、せめておなごを」

「おなごは要らぬ」

「わたしを」

蘭丸は言ったあと、顔が赤らむのがわかった。

「そなた、まだ、わしのそばにいたいか？」

信長はからかうように訊いた。

「そういうことではなく」

「男同士の恋情は、恬淡《てんたん》としているところがよいのだ」

「…………」

「お蘭。疑心暗鬼《ぎしんあんき》ではないのか」

「そうかもしれませぬ」

「誰を恐れておる？　猿か？」

「羽柴さま……」

信長はわかっているのだ。

「あんな口のうまいお調子者を、わしが信用していると思うのか。だから、あやつをいちばん遠くへ出しているのではないか」

「さすがに上さま」

「あとは、朝廷か？」

「それも」

と、蘭丸はうなずいた。

「なにか動けば、すぐに信忠が動く。だから、あやつを御所の近くに置くのではないか」

「あ」

ちゃんと手は打ってあるのだ。

「あとは？」

「徳川さま」

「ほう。お蘭、気がついたのか？」

「明日、なにかなさるおつもりかと」

「その前に家康が手を打って来ることは予想しておる。馬廻り衆がどこにいると思っていた？」

「どこかに伏せてあるのですね」

なぜ、馬廻り衆がいないのか、ようやく合点《がてん》がいった。

「あとは？」

と、信長はさらに訊いた。

「堺衆たち商人は大丈夫でしょうか？」

「卑怯《ひきよう》な手は使うやもしれぬ。だが、あいつらは家康か秀吉と組むだろう。利休にはすでに脅しを利かせてある。あやつは、家康方に寝返ることはせぬ。明日、家康は光明寺《こうみようじ》でわしを待つあいだに、何者とも知れぬ一団に襲われ、生涯を終える」

「そうでしたか」

「まだ、不安はあるか?」

「本能寺の坊主どもは?」

「さすがお蘭ではないか。よいところに目をつけた」

「は」

「昨年、ここ本能寺に滞在した」

「はい、馬揃えをおこなったときです」

昨年、二月二十八日。

六万の大行進を、帝は、どんな思いで見たのか。

信長は、唐土の帝王が着るような金紗《きんさ》の着物をまとっていた。先頭がきらびやかな信長と馬廻り衆だった。帝を守る武士団はそのあとにつづいたが、絢爛さでは信長軍と比ぶべくもない。信長の力と立場を、京の人々にあからさまなほどに見せつけたのである。

「あのとき、ここに宿泊したあと、わしはこの寺の防備をさらに強固にすることにした」

「そうなので?」

「お蘭、安心させてやる」

と言って、奥の戸を開けた。

蘭丸はもう何度も入ってはいる。

御堂よりだいぶ狭い。一部、囲炉裏を切った周囲には畳を置いてあるが、あとは板敷である。

昼に命じておいた乾拭きも、念入りにやっておいてくれたらしい。床はすべすべして心地よかった。

南蛮ふうの家具が置かれている。

信長の南蛮好みは、鎧《よろい》兜《かぶと》やマントだけではない。

当然、御殿の内部にも南蛮の文物や家具は進出していた。

中央に南蛮の卓。

その周囲にはやはり南蛮の椅子《いす》が五脚《きゃく》。

部屋のいちばん奥には寝台が置かれていた。

信長は、その寝台で眠るのだ。

部屋を見回すと、信長は壁側に寄った。

そこには窓がある。連子窓《れんじまど》である。

「これは閉じる」

内側から戸を閉めた。すると、わずかな隙間《すきま》もなくなった。

「あ」

蘭丸は息を呑んだ。

明らかに以前とは違っていた。

すべての窓を閉めた。

「息苦しいのでは？」

と、蘭丸が訊いた。

「上を見よ」

信長は天井のほうを指差した。

天井の下に半間《はんけん》（約九〇センチ）ほどの隙間があった。そこも、太い垂木《たるき》が組み込まれた連子窓になっている。寺社によく見られる造りである。

「あそこも閉じられるが、風が通るように開けてある。うまくしたもので、連子窓から入る風は、この部屋全体を回って抜けていく。だから、息苦しいなどということはない」

「忍び込むのも無理ですね」

「無理だし、外から窓まではかなりの高さがある」

「たしかに」

「角度にも気を配り、万が一、あの窓から矢を射たり、鉄砲を撃たれたりしても、床に立っている者には当たらないようにした」

「ははあ」

蘭丸は感心するしかない。

次に、信長は壁を叩いた。

「ここは板壁に見えるだろう。だが、じつは下から一間（約一・八メートル）分ほどは鉄板が嵌め込まれてある」

「鉄板？」

「つまり、鉄砲の弾は弾き、火事にもなりにくい」

「そうでしたか」

「床も万全だ。周囲は鉄格子で囲まれ、誰も忍び込むことはできぬ」

「天井も頑丈そうですね」

「瓦《かわら》の下も鉄板だ」

「そうでしたか」

「いざとなれば、ここに籠もる。小姓たちと三十人が籠もれば、どんな攻撃にも半日は耐えられる」

たしかに、昼間見たように武器もさまざまあれば、鉄砲も数十挺《ちょう》も並んでいる。

「半日あれば、信忠さまも、馬廻り衆も、大きな軍勢ではいちばん近くにおられる明智どのの軍勢も駆けつけて参りましょう」

「そうだろう」

蘭丸の胸に安堵が広がった。

これで信長が内側から閂《かんぬき》をかければ、ここは完全に閉ざされた部屋になるのだ。誰も入れない、安心という言葉に包まれるような部屋に。

だが、念には念を入れなければならない。

蘭丸は、もう一つ、燭台に火を入れようとした。

寝台あたりのようすも、いちおう見ておきたい気がしたのだ。

「もう、よい、蘭丸。わしは明るいと眠れないのだ」

「は」

「下がれ」

信長がそう言ったとき、背中から小さな青い光が上に向けてふわふわと飛んだ。

蛍だった。

さっきいた蛍の仲間が、信長の背中に取りついていて、飛び立ったのだろう。だが、蘭丸には、信長のなかからなにかが抜け出たような気がした。

運。それは、使い尽くし、尽き果てることがあるのだろうか。どんな幸運な人も、運の尽きはやって来るのか。

蘭丸はひどく切なくなった。

「上さま……」

信長を見つめた。もし、信長がこの世からいなくなったら、自分はとても生きていけないだろう。たちまちひどく頼りない気持ちになって、蘭丸は子どものように泣き出したかった。

「どうした、お蘭？」

優しい微笑みだった。おそらく自分だけが知っている、と思いたい。切り立った断崖《だんがい》に咲く可憐《かれん》な花のような、ほとんど他人に見せることのない信長の柔らかいこの笑みが、蘭丸は大好きだった。

「いえ」

蘭丸は首を横に振った。

縁起でもないことを言ってはいけない。

「ゆっくり休め」

信長はそう言って蘭丸を押し出し、内側から板戸を閉め、閂を下ろした。

もはや誰も入ることはできなくなった。

第二章 光秀

一

六月二日の朝はまだ暗い。雨は小憎《こにく》らしいほどに降りつづいている。

森蘭丸は、御殿がのぞめる御堂のほうにいた。渡り廊下のすぐわきの部屋で、御殿になにかあれば、すぐに駆《か》けつけられる場所だった。

眠るつもりはなかった。すでに刺客《しかく》は何人も現われているのだ。窓の前に座って、夜通し、信長の身辺を警戒するつもりだった。

だが、若い身体は眠りを欲する。何度か穴に落ちるように、眠り込んだ。

そのあいだ、夢を見た。

信長が夢のなかで子どもになっていた。九《ここの》つか十《とお》くらいだろうか。

蘭丸もやはり子どもだったが、どうも歳《とし》の差は一歳ほどらしい。

信長は馬上にいて、

「蘭丸。乗れ」

そう言うので、蘭丸は喜んで馬の背に這《は》い上がり、信長に摑《つか》まった。信長の身体は、すべてが骨でできているように硬く、そのくせもろく崩《くず》れるような気配もあった。

どこかで、

「危ないぞ。よせ。落ちるぞ」

と叱《しか》る声がした。柴田勝家の声らしいが、姿は見えなかった。

「やかましい。おりゃあ、行くと言ったら、行くでよ。ほら！」

信長は馬の腹に強く鞭《むち》を入れた。信長の馬は赤い毛色をしていて、血のような汗が飛び散った。

馬は凄《すさ》まじい勢いで駆け出した。転《ころ》げ落ちそうで、蘭丸は必死で信長にしがみついた。

「上さま。危のうございます！」

「馬鹿。そんなこと言っている場合か。後ろを見ろ。わしたちは軍勢に追いかけられているだぎゃあ」

「え？」

蘭丸は振り向いた。

そのとき、矢が飛んで来て、蘭丸の額《ひたい》に命中した。痛みより、強いめまいを感じた。

「あ」

蘭丸は矢が刺《さ》さったことを信長に告げようとした。

ところが、振り向いた信長の顔にも、無数の矢が突き刺さっていた。

「うわぁああ」

蘭丸は自分の叫《さけ》び声で目を覚《さ》ました。じっさいに叫んでいたかもしれないと思ったが、わきにいた黒人の弥助は、壁に寄りかかって熟睡しているので、声は出さなかったのだろう。胸のあたりは汗でびっしょりになっていた。

窓の外の景色は暗く、まだ方々に夢のかけらが落ちているような気がした。

――明かりが足りない。

と、蘭丸は思った。

御殿の正面に篝火《かがりび》を焚《た》かせ、松や竹など、油分の多い木をしこたまくべさせている。火は雨に負けなかったが、しかし蘭丸が期待するほどには、御殿の周囲を照らしてはくれなかった。ただ、篝火の上あたりは、降りしきる雨をはっきり浮かび上がらせていた。降りつのる雪を仰向《あおむ》いて見ていると、自分の身体が上昇して行くような錯覚を味わうことがある。雨はいくら見ても、そうした気分をもたらしてはくれない。逆に、地面へ打ちつけられている気分になるのだった。

東の空がうっすら明るくなってきたころ。

――ん?

本能寺の外が騒がしくなった。

怒ったような人の声もする。足軽どもが酒を飲んで、喧嘩でも始めたのか。

地響きもするので、やはり信長の警護をしようと、信忠の軍勢でも動き出したのだろうか。

表門の門番が駆け込んで来た。ただならぬ慌《あわ》てようだった。

「大勢の兵士が、この寺に攻めかけて来ました」

門番はあえぎながら言った。

「なんだと」

まさか軍勢が攻め寄せて来るとは、蘭丸もさすがに思ってもみなかった。いったいどこから湧き出たのか。

「毛利か？」

毛利がいっきにここまで押し寄せて来られるとは思えない。返事を待たず、さらに訊《き》いた。

「徳川か？」

「いえ、旗印は水色桔梗《ききよう》でした」

「明智……」

蘭丸は咄嗟《とつさ》に、明智光秀が応援に駆けつけて来たのだと思った。わずか三十人ほどで本能寺に入ったという知らせに、襲撃されることを予感したのだろう。

やはり、頼りになるのは明智だと、胸に安堵《あんど》の思いが広がった。

「入れてやれ」

と、蘭丸は言った。

「入れろと？　攻めて来ているのにですか？」

門番は驚いて訊き返した。

「攻めているだと？」

「すでに軍勢が入り込んで来ています」

そう言ったとき、門番の背に矢が突き刺さった。

「うわっ」

門番は呻《うめ》き、身をよじって矢を引き抜くと、刀を抜いて立ち上がった。だが、すぐに次の矢に胸を射《い》抜かれ、仰向けに倒れた。かつかつと音がして、蘭丸のわきの柱にも、矢が二本、刺さった。

門のほうから、数十人の兵士たちが、矢を射かけてきていた。

「嘘《うそ》だろう……」

蘭丸は愕然《がくぜん》とし、なにが起きたのか、しばらくわからなかった。

周囲から味方がやって来て、

「明智の襲撃だ。迎え撃て」

と、叫んでいる。

蘭丸はようやく我に返り、絶叫した。

「鉄砲を並べろ！　それから、信忠さまの応援を頼め！」

二

明智光秀は、本能寺の門前にいた。

梯子《はしご》を使って門の上を乗り越えた兵士たちによって、門扉《もんぴ》が開けられ、いまは続々と明智軍が突入を開始している。門番たちは奥に逃げてしまったのか、なんの抵抗もないらしかった。

明け方になって、雨が強まっていた。

「光秀さま。鉄砲が使えませぬな」

斎藤利三が言った。

「む」

火縄が濡《ぬ》れ、火は消えてしまう。

不発は、撃ち手にとって怖《こわ》いものだった。次の弾を込めたりしているあいだに、敵はいっきに側まで近づいている。

「鉄砲は使わぬよう、言ってあるな」

「はい」

「裏門はどうしただろう？」

「開いたようですな」

めているらしい。

斎藤利三は背伸びをして、遠くを見てから言った。奥のほうに裏門に回った一団の旗が見え始

本能寺全体の縄張りについては、すでに報告を受けている。くわしい絵図面もできている。その写しは侍大将たちに渡っている。

光秀は、門からなかへと入った。兵にまぎれるように足早に進んだ。斎藤利三も後につづいた。

「左手の奥だぞ！」

光秀が叫んだ。

「わあ、わあ」

兵士たちが声を張り上げる。

本当は、信長のいる御殿を取り囲むまで、静かに行動したかった。だが、兵士たちは恐怖心があるので、どうしても声を張り上げてしまうのだ。

光秀は、兵士たちの動揺を感じ取っていた。いつもの戦ぶりとは違っていた。酔ったような高揚感がまるで伝わってこない。

声は威勢がいいが、腰のほうは引けている。

さっきはこんな話も聞こえた。

「ここは信長さまの京におけるお住まいらしいぞ」

「ということは、おれたちは信長さまを討《う》つのか？」

「謀反《むほん》じゃねえか、明智さまの」

「おれは知らねえぞ、どんなことになっても」

「だからといって、ここで逃げたら、おれたちだって殺されるわ」

「駄目だ。余計なことを考えるのはやめよう。目の前の敵を突き刺すだけだ」

兵士たちはそんな話をしながら、光秀のわきをすり抜けて行った。

無理もないのだ。

下剋上《げこくじょう》とも言われる世である。だが、こんなふうにあからさまに、謀反がおこなわれるところを見た者は、そうそうはいないのだ。

ほんの一握りの部将たちの思惑で、敵と味方がまったく変わってしまう。まるで、自分の頭が別のものとすり替えられたような、納得いかない思いを感じているのだろう。

光秀は、自らも奥へと歩みを進めながら、こう叫んでいた。

「上さまの……信長公の……織田どのの……いや、右府《うふ》の命運は尽きていたのだ！　ならば、わしが取って代わるしかあるまい。進め！」

三

近習《きんじゅう》たちが信長のいる御殿の周囲に集まって来た。兜《かぶと》も鎧《よろい》も用意して来ておらず、戦支度《いくさじたく》さえできない。やはり、この入京は不用心だったと、改めて蘭丸は思った。

「兄者。明智光秀さまだそうですね」

坊丸が言った。

「そうだ」

蘭丸はうなずいた。

すでに弾込めの済んだ鉄砲を、坊丸は手にしている。火縄にも火は点《とも》され、煙の臭いに頼もしさを感じた。

鉄砲は、御殿の回廊のところにずらりと並べられた。

五十挺《ちょう》はある。大急ぎでそれらの火縄に火が点《つ》けられ、筒《つつ》に弾が込められていく。大きな庇《ひさし》が張り出していて、雨に打たれる心配はない。

「光秀さまが攻めて来るというのは、どういうことでしょう?」

坊丸が訊いた。

「わからぬ。気の迷いとしか、考えられぬ」

「そうですよね。あの明智光秀が」

坊丸は、つい考え込んでしまうらしい。思慮深い性格なのだ。

だが、いまはそれどころではない。

「弥助。上さまはまだ起きて来られぬか」

蘭丸は、入口のところで戸を叩《たた》いている弥助に訊いた。小姓のなかで、いちばん声も大きく、力が強いのは、黒人の弥助である。信長がなかなか起きて来ないため、弥助に代わってもらっていた。

「はい。まだの、ようです」

弥助は蘭丸にそう答え、

「うえ、さま。あけち、みつひでの、むほんに、ございます！」

慌てているせいだろう、いつもよりずいぶんたどたどしい口調《くちょう》で叫びながら、力いっぱい戸を叩いた。

「ぐっすりお寝《やす》みなのだろう」

扉の板はぶ厚く、鉄板を張ってあったりするため、叩いてもわからないのだ。なかから閂《かんぬき》がかけられているので、開けようがない。しかも、合鍵《あいかぎ》もない。

「仕方がない。おのれ、光秀ごとき」

蘭丸は、迫りつつある軍勢を睨《にら》みつけた。

明智軍の兵は六千くらいだろう。一万二千を公称するが、荷役を担当する百姓を入れた数である。

鉄砲の数はせいぜい三百挺といったところか。

蘭丸は、各部将たちの兵力をいちばんよく知っている。

「あやつにこの寺は落とせぬ」

「わたしもそう思います」

と、坊丸もうなずいた。

「信忠さまへ知らせる鉄砲は撃ったな?」

「はい」

北に向け、一斉射撃をおこなった。聞こえないわけがない。

「いま寺内にいる味方は、御堂の周囲で鉄砲で応戦する。女や坊主にも弾込めを手伝わせよ」

「ははっ」

坊丸が渡り廊下を、御堂のほうへ走った。そちらにも銃を持った一団がいる。

回廊の手すりに鉄砲を載《の》せ、入って来る兵士を狙い撃ちにした。鉄砲は潤沢《じゅんたく》にあるから、一人が三挺ずつ使うことにした。

森や植栽のあいだの道を駆けて来た兵士たちは、玉砂利《たまじゃり》を敷《し》いた庭に飛び出し、ふいに全身を晒《さら》すことになる。隠れるところはなく、鉄砲で狙い撃たれる。姿を見せる兵士たちが、そこでばたばたと倒れていく。

このため、明智軍の勢いも、そのあたりで止まっている。

「向こうは雨のため、鉄砲が使えぬのだ」

蘭丸は若い小姓に言った。

「そのようですね」

「弥助。上さまを起こすのはいったん止めにして、鉄砲を撃ってくれ」

「わかった」

弥助は鉄砲の名手でもある。まるで筋力が鉄砲の弾にも影響を及ぼすように、弥助の撃つ弾は飛距離が長かった。

「弾込めの人手が足りぬ。坊主は使えぬのか？」

蘭丸は怒鳴《どな》った。

「坊主は見当たらぬぞ。臆《おく》したのだろう。しょせん、使えぬやつらなのだ」

虎竹が言った。

——そうではない。

本願寺の戦を見てもわかったように、坊主どもが本気で戦えば、恐ろしい戦力になる。あいつらは、隠れて成り行きを見守っているのだ。

端から信長を守ろうなどという気はなかったのだ。下手《へた》したら、嬉々《きき》として門扉を開いたかもしれない。

――糞坊主《くそ》ども！

この危難を脱したあとは、信長の鉄槌《てっつい》が下されるはずだった。

「手助けいたす！」

「味方だ。撃つな！」

やがて、二人、三人と、本能寺の異変を知った京の治安部隊の兵士たちも駆けつけて来た。門の周囲は明智軍が取り巻いているが、隙《すき》を見て堀に飛び込み、泳いで寺内に入ったらしい。

この周囲にいる兵士の数は、二百人ほどになったはずである。

「信忠さまの隊はまだか？」

「まだのようです」

信忠は二条御所に近い妙覚寺にいる。五百人の兵士が駆けつけて来れば、だいぶ余裕ができる。

また、二条御所にも信長の配下はいる。その者たちも率《ひき》いて来るはずである。

「蘭丸さま。わたしが見て参りましょうか」

弥助が言った。

「そなたが行くまでもあるまい」

弥助はうなずいた。

「上さまが退出する手もあるのでは？」

坊丸が蘭丸に訊いた。

「いや、下手に動くより、ここにいたほうがよい。なあに、金ケ崎《かねがさき》ほどの危難ではない」

浅井長政の裏切りで、単身、逃亡したという、すでに伝説と化した話である。蘭丸も話でしか知らないが、しかし、ほぼ事実だったらしい。

「そうですか？」

「光秀ごとき、愚か者だ。是非《ぜひ》もないわ」

そう言って、蘭丸は信長になったような気がした。

「まさに」

だが、明智軍も前に戸板などを何枚も重ねて並べ、盾《たて》をつくり出した。それでじりじりと包囲を狭《せば》めるつもりらしい。

「大丈夫だ。ここは一刻《いっとき》（約二時間）かかっても破られぬ」

とは言ったが、

——なかで応戦すれば、鉄壁の陣となるのだが……。

蘭丸は、地団太《じだんだ》を踏む思いだった。

四

奮戦がつづいている。本能寺に来てから、すでに一刻以上は経っているだろう。

信長側の鉄砲の乱射が凄まじく、明智軍はいっきには攻め寄せることができない。

雨はまだ降りやまない。

「まずは本能寺のほうを取れ。そこから信長が籠《こ》もる御殿を狙うのだ」

と、光秀は命じた。

そこならこっちも鉄砲が使えるかもしれない。そもそもが鉄砲というのは、突撃するときには使いやすい武器ではない。弾込めなど、落ち着いた作業を必要とする。鉄砲はむしろ、防御のための武器なのだ。

「本能寺の堂宇《どうう》はどんどんわがほうに落ちています」

と、伝令が来た。

「よし」

光秀も堂宇伝いに進んだ。

本能寺の僧侶たちは、まったく無抵抗だった。大勢の僧兵もいるはずだが、ただの一人も見かけない。

信長が攻撃されることを、喜んで受け入れているのは明らかだった。

それにしても、戦のかたちはずいぶん変わった——と、銃声や怒号のなかで光秀は思った。光秀が若いころの戦は、まだ源平《げんぺい》の合戦のころの面影があった。互いに名乗り合うことまではなかったが、まず弓を射ち合い、適当なところで突撃し、形勢が不利となればさっさと退散した。戦には違いないが、どこか儀式めいたところもあった。

世は戦国となり、太田道灌《おおたどうかん》が戦を変えたという説は聞いたことがある。足軽隊というものを組織し、神出鬼没《しんしゆつきぼつ》とも言える奇襲作戦を多用したという。それでもまだ、長閑《のどか》なところはあったはずである。

そういえば、名刀自慢もなくなった。あのころは、誰々がどんな名刀を持っているだの、入手しただのが話題になった。

——こんなに人は死ななかった。

せいぜい数十人。百人も死んだら大戦だった。いまは合戦が終わったあとは、死屍累々《しするいるい》。なんとも惨たらしい光景が広がる。

——おそらく上さまがいくさを変えたのだ。

信長が二十七歳のとき、今川義元《いまがわよしもと》を討ち取った戦は、凄まじいものだったという。乱戦のなかで幸運にも今川義元を討ち取ると、そのあとも凄まじい追撃をおこなった。総崩れとなった今川軍を執拗《しつよう》に追いつづけ、死者の山を築き、

「信長は怖い」

という噂《うわさ》を周辺にまき散らした。それが信長の快進撃の始まりだった。

そして、鉄砲が信長の戦をますます苛烈《かれつ》にした。

――上さまはすでに、攻めているのがわたしだと知っただろうか。

と、光秀は思った。

怒り狂っているだろうか。まさか、予期していたということはないだろう。

おそらく、いちばん意外なやつが来たと思っているはずだった。反逆などできるわけがないと、見くびっていたのではないだろう。光秀は自信を持って言えるが、信長はこのわたしを信じていた。

光秀は自ら戦闘の前線へと出ていた。

「光秀さま。危のうございます。お下がりください」

「いや、行かせよ」

信長を生け捕りにせよ、とは命じていない。

それは信長も嫌《いや》がるだろう。そんな屈辱《くつじょく》を与えるわけにはいかない。だが、光秀は家来の足軽などではなく、わが手で信長を討ちたかった。

恐怖はなかった。それどころか、喜びに震えるだろうとさえ思った。

不思議だった。あれほど敬《うやま》い、憧《あこが》れた人を討つことが、なぜこんなにも嬉《うれ》しいのか。心の奥には、憎悪が渦巻いていたのか。

——そういうものなのだ。

と、光秀は思った。

おそらくつねに、人が人を恋い慕う気持ちの背後には、憎しみに近い感情が潜《ひそ》んでいるのだ。


森蘭丸は焦《あせ》ってきていた。

攻撃を防いではいるが、反撃するにはやはり兵が足りない。戦というのは、防ぐばかりでは必ず敗れるのだ。

信忠の軍が来ないのは、妙覚寺も明智光秀の軍勢に取り囲まれているからだろう。明智は周到なのだ。細かな点にも手抜かりはない。

だが、家康を討つためどこかに伏せてある馬廻り衆は、すでに本能寺に向かっているはずである。あの五百騎が合流できれば、こちらからの反撃すら可能になる。

ただ、家康を待ち伏せるという光明寺は、京の西南、長岡《ながおか》にある。ここからだとかなり遠い。

当然、この騒ぎも聞こえていないだろう。

まさかこうした事態になるとは予想しなかったのだろうが、光明寺というのは遠すぎたのではないか。

「鉄砲の弾が無くなりつつある」

虎竹が言った。

「なんだと」

「鉄砲が多すぎたかもしれないな」

そのおかげで、明智軍がいっきに攻めて来られずにいる。代わりに、弾薬などを浪費している。

「このなかには、弾薬がまだ山ほどあるのだ」

蘭丸は入口を指差して言った。

「そうなのか」

「それよりほんとうに上さまはまだお寝みなのか？」

いくら熟睡していても、ここまで気がつかないなどということがあるだろうか。

もしかしたら、なにか異変があったのではないか。

「駄目だ。もう我慢できぬ。上さまには申し訳ないが、入口を破らせてもらおう」

蘭丸は、弥助を呼んだ。

「おぬしの弁慶の七つ道具にまさかりがあったな」

「ええ」

「それで、この戸を叩き壊してくれ」

と、蘭丸はぶ厚い戸を手で叩きながら言った。

明智光秀もまた、焦りを覚えていた。

なかなか信長がいる御殿に近づくことができない。

「やはり、二百人を超す護衛はいたようです」

「だろうな」

蘭丸は手配していたのだ。

「しかも、向こうは軒下《のきした》ですので、鉄砲を使うことができます」

「こちらも本能寺のもともとの本堂側を押さえたではないか」

「信長のいる御殿の前に、もう一つ、御堂という建物があり、われらの射撃が遮断されています」

「ううむ」

光秀は空を見上げた。

天は味方してくれないのか。雨が熄《や》まないのは、そういうわけなのか。

数人ずつは突破しても、御殿の手前で次々に討ち取られているらしい。ここから見ても、御殿の周囲は死屍累々《ししるいるい》といった様相である。

信長らしき男も、御殿の回廊に立ち、弓を射たり、槍《やり》で突いたりしているらしい。

「それは影武者だ」

光秀は断言した。

だいいち、あの信長が、そんなところに姿を現わすわけがない。危機を察知すれば、たった一人でも逃げようとする人なのだ。見栄《みえ》も外聞も気にせずに。

すでに夜は明けている。

京の方々からも次々に信長方の武士が応援に駆けつけているらしい。ここに馬廻り衆が雪崩《なだ》れ込んで来たら、この軍の兵士は逃げ出しかねない……。

――しくじったのか……。

光秀は、崩れそうになる自分を叱咤《しった》しつづけた。

五

弥助の力は凄まじかった。まさに、弁慶もかくやと思えるくらいの激しさで、まさかりを打ち下ろしつづけた。

木っ端《こっぱ》が飛び、そのつど扉のあいだが三寸《すん》（約九センチ）ほど開いていった。

それでも二、三十回は打ち下ろしたのではないか。

扉が削《けず》られ、向こうにある門が見えた。

「それは、ずらせるだろう」

わきから蘭丸が指図した。

手槍の穂先《ほさき》を使って、閂を横にずらした。

「開いた」

蘭丸は先頭でなかの廊下に入った。そこはつい半日ほど前、蘭丸と信長が抱き合ったところである。

いったい信長はなにをしているのか。これだけの物音に気がつかないはずがない。まさか急な病にでも侵《おか》されたのか。それとも、ひそかに脱出してしまったのか。

さらに奥の戸を開けた。

すると、そこに——。

蘭丸は、最初、なにが起きたかわからなかった。

床に男が倒れている。

誰かが明智軍の攻撃を受け、倒れているのかと思った。だが、このなかには誰も入れるわけがない。

寝台を見た。寝台に信長は寝ていない。信長はどこへ行った?

蘭丸は、恐る恐る倒れている男の顔をのぞき込んだ。こんな恐ろしいことはなかった。さきほど明智軍の大軍を目の当たりにしたときも、こんな恐怖は感じなかった。

「ああ!」

思わず叫び声が出た。倒れていたのは、信長だった。

刀を手にしたまま、凄まじい形相《ぎょうそう》で宙を睨んでいた。

だが、その顔には明らかに生気はなかった。形相の下から、過激な怒りが立ち上がって来る気配がなかった。蠟《ろう》のように静謐《せいひつ》で、いつもより少し小さくなった気もした。

「上さま！」

蘭丸は抱え起こそうとしたが、信長の身体には力がまったく感じられず、不要な荷物のようにだらりとすべり落ちた。

「うわっ。うわああ」

蘭丸は、叫び声というより悲鳴を上げた。

「兄者。どうした？」

坊丸が飛び込んで来た。さらに、

「どうしました？」

黒人の弥助も入って来た。

「上さまがお亡《な》くなりだ」

蘭丸はかすれた声で言った。しっかりしようと思ったが、泣き出したい気持ちがこみ上げてくる。

「嘘だろう……」

坊丸は茫然《ぼうぜん》とし、

「誰が上さまを殺《あや》めたのです？」

弥助が訊いた。

「わからぬ」

「なんと」

女たちが入って来た。何人かは、健気《けなげ》にも襷《たすき》がけで薙刀《なぎなた》を抱えている。

「どうなさったので？」

蘭丸が答えずにいるので、

「上さまがお亡くなりだ」

弥助が言った。

「そんな馬鹿な。ご自害ですか？」

「違う」

「どういうことです！」

女たちは慌てふためき、騒ぎ出した。信長に飛びつき、介抱しようとする者もいるが、亡くなってしまったことはすぐにわかり、次々に絶望の声を上げた。それらの声は、戦闘の喧噪《けんそう》のなかでさえ、甲高《かんだか》く耳障《みみざわ》りだった。

「うるさい。騒ぐな！」

蘭丸は女たちを怒鳴りつけることで、逆に落ち着きを取り戻し、

「とにかく、上さまを明智軍に見せては駄目だ」

と、言った。

信長の遺骸《いがい》を見せ、明智光秀を喜ばせてはいけない。首を取られるなど、なんとしても避《さ》けたい。できれば死そのものを隠したい。

遺骸を見せなければ、信長は死なない――蘭丸は、そんな気さえした。

「では、どうする？」

坊丸が訊いた。

明智軍はすぐそこへ来ている。周囲も取り巻かれている。

「火を放つ。御殿すべてを焼き尽くすのだ」

と、蘭丸は言った。できることはそれだけだった。

「よし、わかった」

坊丸が女中たちに命じて、台所から油を持って来させ、それを御殿の床《ゆか》や、信長の遺骸にぶちまけた。御殿のなかには鉄砲のための火薬も相当量あったので、これも撒《ま》いた。

火を点けると、たちまち燃え広がった。

業火《ごうか》が踊った。

六

御殿が凄まじい勢いで燃え上がっていった。

「火が出たぞ。どうしたのだ？」

光秀が訊いた。

本能寺の本堂にいたが、すでに外に出て来ている。ときおり鉄砲の弾がかすめるが、光秀は意に介さない。

「わかりませぬ。光秀さま。もうすぐすべて鎮圧しますので、どうか離れたままで」

斎藤利三が、光秀の前に立ちはだかって言った。

御殿の前で抵抗しているのはもう、さほど多くはない。せいぜい二十人くらいだろう。

だが、必死の抵抗で、なかなか制圧しきれないでいる。

「上さまに逃げられていないだろうな」

光秀は苛立《いらだ》ちながら訊いた。

「この包囲からは、誰も逃げ出せませせぬ」

斎藤利三は冷静な口調で言った。

「それはそうだろうが」

上さまは特別なのだ、と言いたかった。あの方だけは、いかなる危機ですら、切り抜けてしまうのだと。

よしんば逃げるのに失敗したなら、上さまはさっさと自害してしまうだろう。首を取られるなどという無様《ぶざま》なことは、なんとしても避けるに違いない。信長は前から首を取られることをひどく嫌がった。「戦に負けるのは仕方がないが、首を取られるのだけは嫌だ」そう言ったのも聞いた覚えがある。

この火は、自らを焼き尽くすためにかけたのではないか。骨まで粉々に焼いてしまうため、たっぷり油を注いだ、そういう炎なのではないか。

御殿の屋根のどこかが、
ばん。

と音を立てて、弾けたらしい。

轟々《ごうごう》という音が高まり、火の粉が渦《うず》を巻き出している。

「火を消せ！　消せ！」

光秀は叫ぶが、兵士たちもどうすることもできない。

雨はむしろ激しくなっている。

その雨ですら、消火にまったく役に立たないくらいの火勢だった。

煙があたりを包み出した。

ときに煙の色が変わり、黒煙が渦巻くこともあった。黒煙を吐《は》き出すときは、火の勢いも強まった。

臭いも充満した。

雨が煙で燻《いぶ》された臭いは、噎《む》せたりもするが、不思議なことに光秀には、そう嫌な臭いではなかった。

七

御殿の周囲では、女たちも戦っている。鉄砲の弾を入れ替え、弾薬が少なくなると、御堂のほうから畳《たたみ》を運んで来て、御殿の回廊の前に並べるという作業を始めていた。

鉢巻《はちまき》に襷がけ。尻をはしょっている者もいる。

女は二十人ほどいるか。怯《おび》えて隠れる者など誰もいない。皆、信長の命を守ろうと、必死になっていた。

——たいしたものだ。

蘭丸は、銃撃の途中でそんな女の姿を見ながら、内心で感心していた。

初めて、女たちが美しく、愛おしく感じられた。

「まだまだ近づけるな！」

と、蘭丸は怒鳴った。

「上さまのご遺骸が焼き尽くされるまで！」

そう叫ぶと、悲しみが胸を覆《おお》った。

ほんとうにこれは、じっさい起きていることなのか。

寝苦しい夜に見る悪夢なのではないか。

そのとき、隣にいた弟の坊丸の胸に矢が突き刺さった。

見ると、雨のなかを明智方の兵士たちが、すぐ近くまで来ていた。

やはり、こちらの抵抗は弱まってきている。上さまを失った衝撃が、守ろうという意思を削《そ》ぎつつあるのだ。

「兄者は生きてください」

と、坊丸が胸の矢を抜き、苦しげに言った。血が噴き出しているのもわかった。

「馬鹿な」

「上さまもきっと、それをお望みです。兄者に仇《かたき》を討ってもらいたいでしょう」

「…………」

仇を討っても、悲しさは消えないだろう。

それなら、側にいたほうがいい。

「嫌だ。わたしもここで死ぬ」

蘭丸はきっぱりと言った。

坊丸が崩れた。

同時に蘭丸の胸にも矢が刺さった。

「わあ」

と、足軽たちが押し寄せて来るのが見えた。

八

「敵軍、全滅！」

「抵抗する者はおりませぬ！」

という声がしていた。

光秀の周囲では、勝鬨《かちどき》が上がり始めた。

光秀は、御殿の前に走った。

「勝鬨よりも火を消せ！　信長の遺骸を確かめよ！」

周囲の兵士たちに叫んだ。

手前のほうが先に焼け崩れ、奥のほうはいくらか建物のかたちをとどめていた。

「まだ危のうございます」

斎藤利三が、光秀に駆け寄り、身体を押した。

すぐわきに、柱が崩れ落ちてきた。黒く焦げた柱が、地面に激突して折れると、赤い炎を吐いた。

「信長の遺骸は見つかったか？」

わきにいた兵士たちに光秀は訊いた。

「まだです」

「よく、確かめてくれ。男だ、五十くらいの細身の男を捜し出せ」

光秀は命じた。

「この者は？」

御殿の前で倒れていたという白い着物の男を指差した。頭の一部が銃弾で飛ばされていた。弓矢や槍の戦のころにはなかった遺骸である。

「これは違う。小姓だった者だ。影武者だ」

光秀が信長を見まごうわけがない。

この男は、つい三月《みつき》ほど前、蘭丸が見つけてきた者である。琵琶湖で漁をしていた長浜《ながはま》の漁師だった。嫌がるのを、いろいろいい思いをさせてやるからとなだめすかし、城に入れた。

信長の立居《たちい》ふるまいを教えると、なかなかうまく真似《まね》ると喜んでいたが、こんなに早く死ぬことになるとは、運のない男だった。

「では、このなかです。逃げた者はおりません」

「うらむ」

火の勢いが強く、とても近づくことはできない。

ぼーん。

と、弾けるような音もした。

「誰か見ておらぬのか？　生き残った者に訊け」

生き残った信長の小姓が光秀の前に引っ張り出された。

名は知らないが、見覚えはあった。

「信長はどうした？」

「亡くなられたようです」

苦しげに言った。胸のあたりが血に染まっている。鉄砲ではなく槍傷によるものだろう。

「自害なされたのか？」

「いえ、どうも、この御殿のなかにいたとき、誰かに殺されたとか」

「なに？」

光秀は目を瞠《みは》った。

「わたしは見ていないのですが、そういうことを言っていました」

「いつ、誰に殺された？」

「わからないのです。御殿は誰も入ることができず、上さまがお一人でお寝みになっていましたので」

「なんだと……」

やはり刺客が暗殺に成功してしまったのだろうか。

あの御殿のなかに入った信長を、どんな手で殺害したのか。

小姓はふいに崩れた。胸のあたりが血に染まっている。

「手当てをしてやれ」

とは言ったが、おそらく助からないだろう。

「光秀さま。女の生き残りを連れて来ました。最後までここにいた女中です」

女が引き出され、光秀の前に引き据えられた。

「手荒にするでない」

光秀は家臣に命じた。

女中はずいぶん奮戦したらしく、顔と着物は真っ黒に汚れ、腿《ふともも》のあたりに血が滲《にじ》んでいた。

「明智さま。これはいったい、なんのおつもりですか」

女中は、食いつくように光秀を睨みつけてきた。美しい顔が、恐ろしいほどに歪《ゆが》んでいる。

「おなごにはわからぬことだ。それより、信長はどこだ?」

すでに小姓に訊いたが、なにも知らないふりをして訊いた。

「上さまは、お亡くなりです」

「そなた、ご遺骸を見たのか？」

「ちらりとですが」

「間違いなく、信長だったのだな？」

「間違いありません。かなりの恨《うら》みを残して亡くなりましたぞ。お顔に悔《くや》しさがはっきり浮かび上がっておりました」

「どんなふうに亡くなったのだ？」

「どんなふうに？」

「斬られたのか？　あるいは鉄砲の弾を受けたのか？」

「それは、わかりません。どうも、御殿のなかに籠もられたまま、亡くなっていたようなのです」

「詳《くわ》しく申せ」

「明智さまの謀反をお伝えするため、弥助が閉じてあった扉をまさかりで叩き壊し、無理やり開けてみたら、上さまはなかでお亡くなりになっていました」

「では、誰かいっしょに入っていた者のしわざなのであろう」

「なかには誰もいませんでした。上さまが一人だけでお寝みになっていたのです。このところ、上さまはいつもそうなさっていました」

それは、光秀も知っている。女でも小姓でも、寝床をともにすることを、信長は鬱陶《うっとう》しく思っていたのだ。歳のせいもあったかもしれない。気力こそ保っていても、五十間近《まぢか》の信長の身体には、やはり老いが忍び寄っていたのだ。

「では、やったのは刺客であろう」

「ふん」

女中はそっぽを向いた。

「なんだ、その態度は?」

「この期《ご》に及んで、なにをとぼけておられます?」

「とぼける?」

「大方、刺客だって明智さまが遣《つか》わしたのでございましょう。だいそれたことをなさいましたな」

女中は昂然《こうぜん》と胸を張った。まるで、光秀に天罰でも与えようとするかのように。

光秀は誤解のままにして、女中を連れ去るように命じた。しばらくは陣中にとどめておくようにとも伝えた。

九

明智軍の侍大将たちは、それぞれの部隊の兵士たちに休息を命じていた。また、空腹を覚えるころであり、朝餉《あさげ》の炊《た》き出しの支度も始まった。

雨のほうは、やや小降りになっていた。

さっきまでの、ぴしぴしと肌を打った玉の雨とは違い、煙のように柔らかい雨に変わっていた。

光秀と側近たち七、八人は、焼け残った御堂の回廊と部屋のあいだの敷居あたりに腰かけた。

「なんとも奇怪なことが起きたらしいな」

女中が下がると、光秀は呻くように言った。

「本当のことでしょうか？」

斎藤利三が訊いた。

「信長が亡くなったというのは間違いあるまい」

だから、これほどたやすく、信長軍が敗北したのだ。

もし、信長が生きていて、方々から駆けつける五百の兵を指揮していたら、やはりわたしは負けたのではないか。

桶狭間の合戦のときのように。あるいは、逃亡に成功した金ヶ崎の退陣のときのように。信長という男は、少人数という条件で、打ち負かされることはない。

「本当に、あそこには誰も入ることができなかったのでしょうか？」

斉藤利三は、ここからも見えている御殿の残骸を指差して言った。

「それもおそらく間違いない。この御殿は、なかから門をかけたら、誰も入ることはできないのだ。まさかりで叩き壊して入ったというのも嘘ではあるまい」

「光秀さまは、お入りになったことは？」

「何度もある。信長は、ここになにか仕掛けていると思っていたので、京に入ったときは検分《けんぶん》と称して、幾度も見に来た。奇妙な建物だった」

「どんなふうに？」

「恐ろしく頑丈《がんじょう》だ。しかも、いざ、ことがあったときは、このなかに三十人ほどの兵士が籠もり、なかから鉄砲を撃ったり、矢を射たりできるようになっていた。門一つかければ、誰も入れない」

亀山城からこちらに向かっているときも、内心、それを恐れていた。そうなったら、なんとしても焼くしかないとも算段していた。

「だが、燃え尽きてしまいましたな」

「それは、なかに信長の遺骸のほか誰もいなかったからだ。もしも信長と三十人の兵士が籠もっていたら、わしらはいまだに近づくこともできずにいただろう」

ここには、信長が集めた奇妙な武器だけでなく、数十挺の鉄砲や、あり余るほどの弾や火薬も蓄《たくわ》えられていた。

途中、火勢が強くなったのも、あの火薬に火が回ったからだろう。

「なんと」

「だが、何者かが、この難攻不落《なんこうふらく》の建物を逆手《さかて》に取って、暗殺に成功した。いったい、誰がやったか？」

「お心当たりは？」

斎藤利三は訊いた。

「ある」

光秀は大きくうなずいて言った。

「おありなので？」

「この建物は、わしのほか、詳しく知る者はあまりおらぬ。やれたのは、前からここを詳しく知る者、あるいは昨日か一昨日のうち、ここを訪れ、ひそかにこの建物の特徴を見て取ったものに違いない」

「なるほど」

「その者たちは、すでにわかっている」

信長がここに来てからのことは、京屋敷の家来たちによって、逐一《ちくいち》、報告を受けているのだ。

「自ら名乗り出ることは？」

「出るわけがない。卑怯な手で信長を討ったと、わざわざ笑われるようなものだ」

「それはそうです」

「わしは、なんとしてもこの謎を解き明かさなければならぬ」

「それで？」

「その者を討つ。そうしないと、わしの謀反が成功したことにはならぬ。すなわち、天下盗《と》りに名乗りをあげたことにもならぬ」

「たしかに」

側近の者たちもいっせいにうなずいた。

「ここからいなくなった者はおらぬか？」

光秀は周囲を見回して訊いた。

その者が下手人《げしゅにん》かもしれない。

「弥助がおりませぬ。あれは、目立つ男ですから」

弥助が信長を討つ理由はまったく考えられない。だが、信長に可愛《かわい》がられていた。なにか知っているかもしれない。

「む。弥助は見つけても討ち果たしたりせぬようにな。わしの前に連れて来るように」

「は」

「ほかには？」

「小姓たちのほとんどは、この周囲で死んでいます」

「蘭丸は最後まで信長を守ろうとしただろうからな」

「信長も、蘭丸のことはご寵愛《ちようあい》なさっていましたからな」

寵愛という言葉に、軽い嘲笑《ちようしよう》の気配があった。

光秀は、斎藤利三をじろりと見た。

「虎竹はどうした？」

光秀は大声で訊いた。

「ここに」

小姓の高田虎竹が、庭から回廊まで駆け寄って来て、光秀の前にひざまずいた。

「無事だったか」

「はい」

「わしと通じていたことはばれなかったか？」

「誰にも知られておりません。ただ、最後はいっしょに死なねばならぬかと、ひやひやいたしました」

「だろうな」

それから、倒れている男たちの顔を見ながら、

「そなたは、信長の死を確かめたのだな？」

と、虎竹に訊いた。

「それが、ちょうど攻撃がひどくなったときで、近づくことはできませんでした」

「では、確かめてはおらぬのか？」

「離れたところで、遺骸がぐったりして力を失っているのは見ました」

「ぐったりとな」

「それに、あのときの蘭丸や弥助などの嘆《なげ》きようを見れば、信長の死は明らかです」

「なるほど」

「それからすぐ、火薬や油を撒き、火を点けましたから、逃亡などということはあり得ません」

虎竹はきっぱりと言った。

「蘭丸は誰かを疑っていたのか？」

「わかりません。遺骸を見て逆上し、あとは戦うので必死だったように見えました」

「信長がこの御殿に入ってから、なにかおかしなことはなかったか？」

「ありました」

「申せ」

「これは、わたしが見たのですが、闇のなかに、細長い光が動いたことがありました」

「細長い光？　それはなんだ？」

「もしかしたら、刃物が光を映していたのかもしれませぬ。だが、あんな細長い刃物がこの世にあろうとは思えませせぬし」

「ふうむ」

「それと、女中が寝ずの番をしている小姓たちに、ときおり夜食や菓子、お茶などを届けたりしていたのですが、御殿の外の廊下に、白い粉が落ちていたのを見たそうです」

「白い粉とな？」

「火薬かとも思ったそうですが、見た目はもっと白くて、うどん粉のようだったとも」

「ずっとあったのか？」

「途中、風が強まったりしたので、いつの間にか吹き飛ばされていたそうです」

「気になるな」

「それともう一つ、信長が入られてまだそう経《た》たないうち、ぱーん、という音を聞いた者がいます。鉄砲の音にも似ていたそうです」

「不穏だな」

「はい。ただ、近くで鳴らされた鉄砲にしては音も小さく、寺の門番あたりが、試し撃ちでもしたのかもしれないと」

「そういうときは、一回りしてもらいたかったな」

「申し訳ありません」

虎竹は深く頭を垂れた。

十

光秀はしばらく考えて、

「信長は、夕べ、何刻くらいに寝たのだ?」

と、虎竹に訊いた。

「なかにはいなかったので、詳しくはわかりませんが、子《ね》の刻(深夜零《れい》時)は過ぎていました」

「御殿に入るまでは、御堂のほうで囲碁《いご》を見物したのだったな」

「そうです」

「信長も打ったのか?」

「昨夜は見物だけでした」

「家臣同士の対決か?」

「いえ。日海と、林利玄の対局です」

「長いこと見ていたのか?」

「いいえ、そう長くは。なにせ珍しい局面が出現したので?」

「どんな?」

「三劫《さんこう》になったのです」

「三劫に？」

光秀は疑わしそうな顔をしたあと、

「日海は、たしかこの寺の小坊主では？」

「いまはもう小坊主ではありませぬ。林利玄のほうも、利玄坊といって、この寺の坊主です」

なんのことはない。まるで戦おうとしなかった本能寺の坊主二人に、囲碁をやらせていたのだ。

「そうだったか。二人を呼んでくれ」

そう言って、光秀は側近たちもうながし、御堂のなかに入った。回廊のところはときおり風が強くなると雨が降りかかって来るのだった。

御堂のほうも戦闘の跡が残っていた。壁や柱には銃弾の跡が無数にあり、板の間は血まみれだった。遺体も十数体、転がっていたが、片付けさせ、血も拭き取らせ、とりあえず光秀たちが座れる場所は確保できた。

「連れて来ました」

「通せ」

「こっちが日海、向こうが利玄坊です」

小坊主ではないといったが、日海は小柄な坊主だった。

利玄坊のほうも、背丈は日海より高いが、痩《や》せてひょろひょろしていた。

二人とも囲碁の強いことで知られるが、僧兵にはなり得ないだろう。

二人はひどく緊張しているのがわかった。

「囲碁は信長の命令で打ったのか？」

光秀は早口で訊いた。

「いえ。日承上人さまが、信長さまを楽しませてあげればよいと」

「お上人に言われたわけか？」

「はい」

「だが、信長は将棋のほうが強かったぞ」

「存じています」

「なぜ、囲碁にした？」

「当寺には、あまり将棋の強い僧はおりませぬので」

「なるほど。ところが、三劫ができたそうだな？」

「はい」

「わざとつくったのだろう？」

「え？」

「二人で示し合わせて、そういった局面になるよう仕掛けたのではないか？」

「そんな」

「日海、利玄、そなたたちはこの寺の坊主だそうな」

「は、はい」

「わしは攻撃しているあいだ、奇妙に思ったことがあった。それは、迎え撃つ兵のなかには、必ずや僧兵も交じっているだろうと予測していたが、僧兵の姿は一人も見当たらなかった」

「たしかに」

「この寺に僧兵はおらぬのか？」

「おります。四、五十人ほどは、武芸を学び、いざというときは兵として戦います」

歳が上の、日海が答えた。

「だが、一人も見なかった。おかしな話よのう」

「は」

「騒ぎは聞こえていただろう」

「はい」

「そなたたちはなにをしていた？」

「遠くに避難しているようにと言われましたので」

「お上人に言われたのだな」

「それで、信長さまのおられるあたりとは反対のほうに行きました」

「そこにはほかの坊主もいたのだな？」

「はい。ほとんどの僧が」

「そなたたちはもう、よい。ご住職を呼んで来てくれ」

光秀の声には怒りがあった。

斎藤利三が、光秀を心配そうに見た。

住職が来た。日承上人である。

やり手だと、信長はみなしていたし、光秀もそう思ってきた。

歳は六十を超えているが、もともと元気な男である。遊説《ゆうぜい》などで各地に赴《おもむ》くとも聞いている。

いま、足元が覚束《おぼつか》なく見えるのは、眠りが足りていないのだろう。

「お上人さま。お疲れでございましょう」

と、いちおうはねぎらった。だが、怒りがこみ上げてきている。

「ご謀反ですか。思い切ったことをなさいましたな」

日承上人はぬけぬけと言った。

「そんなことより、お上人さまにはいろいろ伺《うかが》いたいことがあってな」

「なんなりと」

「いまも日海たちに訊いたのだが、ここには僧兵などもいるはずなのに、誰一人、われらに歯向かおうとしなかったのは不思議でな」

「それは」

「宿泊所として利用している者が襲われたなら、ふつうは助けようとするわな？」

「そこは比叡山や本願寺などと違って、当寺の僧兵など、腰抜けばかりでございましてな」

「いいや。本能寺は種子島などに布教をおこなっていたため、鉄砲を入手するのは容易であったはず。鉄砲撃ちの名人も少なくないと聞いておるぞ」

「そ、それは」

上人は返事に窮して俯いた。

「そもそも本能寺は、信長がここを宿所とすることを喜んだか？　僧侶たちからは天魔と見做《みな》されてきた信長だぞ。喜ぶはずがないわな。どうだ、お上人？」

光秀は厳しく問い詰めた。

「喜びはしませぬが、あのお方からそうすると言われて、お断わりすることができますでしょうか？」

「できまいな」

「しかも、案《あん》の定《じょう》、このようなことに。われらは後片付けなどにどれほど手間をかけさせられますことか、お察しくだされ」

「そういう気持ちであれば、本能寺側としては面倒な信長には死んでもらいたかったのではないのか？」

「滅相《めっそう》もない」

「思うだろうよ。信長という人は、これが使えるとなれば、どんどん要求を押しつけてくるぞ」

「そういうところは、おありでしたな」

「であれば、死んで欲しいだろうが」

「僧侶がそのようなことを」

「だが、信長が仏の敵であれば？」

「仏の敵でしょうか？」

「味方か？」

「味方ではないでしょうな」

「本能寺だけの話ではない。しかも、信長の言いなりになっていけば、ほかの宗派からも冷たい目で見られることはわかり切っている」

「そうなのです」

「悩ましいわな」

「どれだけ悩みましたことか」

「お上人。考えたのだろう。信長がそっとこの世から消えてくれたら」

「どんなによろしいことでしょう」

上人はしみじみした口調で言った。

「なにを考えた？」

「なにを？」

「信長があの御殿に閉じ籠もったままでも、命を奪う方法じゃ」

日承上人は、しばらく宙の一点を見つめていたが、

「新しい武器がありました」

と、言った。

「新しい武器？」

「はい。明智さまがよくご存知のように、信長さまは、武器というものに異常なほどのご興味をお持ちでした」

「そうだ」

だから、鉄砲にも異様な興味を持った。

信長は通常より長い槍を用《もち》いたが、それも武器に対する執心がもたらしたものだった。

興味はますます過熱し、いまや唐土《もろこし》から南蛮《なんばん》にかけて、あらゆる武器を集めようとさえしていた。それらは、この御殿の壁にも並べられていた。

もちろん、そのなかで使えそうな武器は、じっさいの戦でも使うつもりでいたはずである。

「わたしどもも、種子島など南洋の島などで入手したものは、信長さまに献上するようにしておりました。ただ、三日月鎌《みかづきがま》というものがございまして」

「三日月鎌だと？」

「長くて細い鎌でございます。大きく湾曲もしています。これは、入手はしましたが、信長さまにはお届けしませんでした」

「なにゆえにだ？」

「それは、我らが使わねばならなかったから」

「使ったのだな」

「見回りの兵が通り過ぎれば、西側の回廊は監視の兵士たちから死角になります。梯子《はしご》をかけ、窓からその三日月鎌を差し込み、ゆっくり斜めにえぐれば、寝台に眠っている信長さまを一刀両断」

「その三日月鎌はあるのか？」

「お持ちせよ」

いっしょにいた若い坊主が持って来た。

「これか」

光秀は苦笑した。

見たこともない、長い刃である。まさに暗殺用につくったものとしか思えない。

「虎竹が、闇のなかで見た光はこれであったか？」

光秀は訊いた。

「これでしょう」

虎竹はうなずいた。

「寝台のあるところはわかっていました。そこを一度ならず二度、なぞるようにしたのです」

と、若い坊主は言った。

「やってみよ。この御堂と、信長のいた御殿は、大きさこそ違ったが、つくりはよく似ていたはずだ」

「はい」

若い坊主は、回廊のほうへ回り、梯子をかけた。

それから上のほうにある連子窓《れんじまど》に顔をつけ、なかを窺《うかが》うようにしながら、この長い三日月鎌を差し入れた。手を傷つけないよう、峰《みね》のほうを持って、ゆっくり差し込んでいく。

光秀は、窓からそのようすを眺め、刃が入って来ると、その動きを見つめた。長い刃が床のほうまで降りて来るところは、餌《えさ》をあさる生きもののように見えて、薄気味悪くさえあった。

「こう、いたしました」

刃が部屋のなかを何度かさまようように動いた。微妙な動きではない。が、寝台のあったあたりは、何度か通り過ぎた。光秀は、信長の胸が切り裂かれ、血が噴き出すさまが見えた気がした。

「手ごたえはあったのか?」

と、光秀は訊いた。

「これは鋭すぎて、手ごたえというものはわからないのです。ましてや、柔らかい人の身体《からだ》では」

「だが、血がついておらぬぞ」

「雨のなかを持ち帰りましたゆえ」

「なんと」

光秀は衝撃のあまり、愕然と立ち尽くした。

寝台に寝ていた信長の首や胸が斬られ、血が噴き出すさまが脳裏《のうり》を走った。

「南無妙法蓮華経《なむみようほうれんげきよう》」

日承上人は手を合わせ、祈った。

「殺しておいて、手を合わせるのか」

光秀はなじるように言った。

「すでに仏になっておられる」

「ううっ」

勝手な理屈だった。

「怖いお人でした」

上人は他人事《ひとごと》のように言った。

「どんなふうに？」

と、光秀は訊いた。信長をどう見ていたのか、上人の口から聞きたい。

「なんと言うか、心の奥に深い虚無《きょむ》を宿されておった」

「虚無？」

「この前に、ここへお泊りになった際、信長さまはわたしにこうおっしゃられた。仏陀《ぶつだ》の教えというものが、ぜんぶ嘘であったらどうすると。経典や仏典がすべて、法螺《ほら》に法螺を重ねたものであったら、そなたはどう言って民に詫びるのだと」

「ほう」

「信長さまは、南蛮の宣教師からデウスの教えを詳しく聞いたそうです。すると、デウスの教えは、仏の教えとはまったくの別物だった。ということは、どちらかが、あるいはどちらも、丸っきりの嘘っぱちであるかもしれないだろうと」

「なるほど」

「信長さまは、二つを比べることで、どちらも嘘だと思ったようです。あの方のなかには、この世のすべてを統《す》べる大いなるものへの、敬虔《けいけん》な気持ちがない。祈る気持ちもない。心の奥には、深い虚無が口を開いている。わたしは、信長さまがぼんやりしているときの目を見たことがございます。なんにもない目でした。あの方は、激しい怒りと執念が特徴でしたが、じつはその裏に深い虚無が隠されていた。ああいう方が、天下を支配してはいけませぬ。虚無を真ん中にした世は荒廃します。だから、信長さまには死んでもらったのです」

「…………」

光秀は、日承上人の目を見ていた。言葉を返すつもりはなかった。

信長の虚無。それはわかる気がした。だが、それだけだっただろうか。信長には、希望はなかったのか。

「おって沙汰《さた》す。控えておれ」

と、光秀は言った。

十一

愕然としている光秀に、

「下手人はわかりましたな」

と、斎藤利三は言った。

「本能寺はすべて焼いてしまおう」

光秀は、御堂の窓から、本堂のほうの風格ある佇《たたず》まいを見ながら言った。焼けたり被害を受けたりしたのは信長のための建物だけで、本能寺の数多くの堂宇は、荘厳なまま健在だった。

「わかりました」

「だが、その前に、ほかの怪しい者たちの動向も確かめよう」

「誰を？」

「近衛前久」

「近衛さま……」

「公家のなかで、だいそれたことをやれるのは、近衛前久くらいだろう。それと、島井宗室も呼び出しておいてくれ」

家臣らは、すぐに御所近くの近衛前久の屋敷と、島井宗室が宿泊しているという京の大手の茶問屋に走った。

近衛は呼ばれることを予期していたらしい。さほど待たせることなく、やって来た。花山院高雅という若い公家もいっしょだった。

「織田信長は死んだ」

と、開口一番、光秀は近衛に言った。

「ああ」

近衛の表情に広がったのは、安堵の色だった。

「朝廷は、信長を恨んでいた。それは間違いございませんな」

「それはそうじゃ。明智さまも、信長の不遜《ふそん》なふるまいには、内心、眉《まゆ》をひそめておられたはず」

「…………」

「なんだったのだ、あの馬揃えの儀式は？」

「…………」

「信長のあとに、朝廷の軍を進ませた。見た者は誰もが、帝までも信長の下になったと思ったに違いない」

「…………」

そうなのだ。

あれにはさすがの光秀も反対したのである。それでは朝廷を侮辱《ぶじょく》したことになりますと。

だが、信長は容赦《ようしゃ》なかった。あれで、信長は明らかに朝廷の風上に立ち、公家たちになにも言わせなくしてしまった。

「信長は、当初、朝廷など、つぶしてしまおうと思っていた。帝を討伐し、おのれが新たな王となるつもりだった」

と、近衛は悔しげに言った。

「…………」

「あんなだいそれたこと、どうやって思いつくのか。将軍ならまだしも、帝を弑逆《しいぎゃく》しようなどと」

近衛の気持ちはわからないでもなかったが、光秀は、

「例がないわけではござるまい」

と、冷たい口調で言った。

「例だと……」

「蘇我馬子《そがのうまこ》は崇峻《すしゅん》天皇を弑逆していますぞ。安徳《あんとく》天皇も、源頼朝《みなもとのよりとも》が命を奪ったと言っても、過言ではありますすまい」

「ううっ」

「信長が……」

光秀はそこで言葉を止めた。信長が、蘇我馬子や源頼朝を崇拝していたなどという話は聞いたことがなかったので、一瞬、奇妙な思いがしたからである。

そんな光秀を、近衛前久は怪訝《けげん》そうに見て、

「だが、信長はやがて帝をつぶすのではなく、おのれがそのなかに入って、帝がこの国をつくって来たという千年の重みを利用したほうが得だと思うようになった」

と、言った。

「…………」

「準備はすでに進められていた。信長は、帝に退位を迫られた。思惑もなく、退位など迫る意味はない。そのあと、信長はご自分の最愛の娘を新しい帝、もしくは皇太子に押しつけ、自分は帝の義父になるつもりだったのだ」

「最愛の娘？」

「とぼけるな。茶々が信長の娘だとは、すでにわかっている」

「…………」

やはり知られていた。

「安土城のなかには、わざわざ御所と同じつくりの部屋まで用意してあったではないか」

近衛は悔しげに言った。

信長は、安土城にやって来た朝廷の使者たちに、あの部屋を自慢げに見せていた。しかしそれは、朝廷の者たちの気持ちを逆撫《さかな》でしていたのだ。むろん、朝廷の者の気持ちに無神経だったわけではない。朝廷の者をわざと不愉快にさせ、屈辱のうちに信長の野心を肯《がえ》んじさせようとしたのである。

「薄気味の悪い男だった」

近衛は、顔をしかめて言った。

「どんなふうにでしょう？」

と、光秀は訊いた。近衛前久の目に、信長はどんな男に映っていたのか。

「信長は帝に対し、異様なくらい興味を持っていた。帝のことなら、こと細《こま》かに知りたがった。一度、帝を丸一日、傍《そば》で眺めさせてくれと頼まれたことがあった」

「傍で？」

「厠《かわや》に行くときも、飯を食うときも、御所の庭を歩くときも、それからおなごとまぐわうときも、どんなふうに動き、どんな顔をしているのか見てみたいと」

「ほう」

信長に強い好奇心があることは、光秀も知っていた。だが、帝に対してそこまで思っていたとは知らなかった。

「神の末裔《まつえい》とふつうの人間が、どこが違うのか、じっくり見てみたいと」

「ははあ」

「信長はこうも言ったぞ。帝は本当に、自らを神々の血筋と思っているのかと。帝の家に生まれたというだけで、当たり前のように御所の真ん中に居座るその図々《ずうずう》しさはなんなのかと」

「そこまで言いましたか」

「不敬《ふけい》であろう」

たしかに不敬だった。やむにやまれぬ好奇心であったとしても。

「だが、まさか信長を暗殺しようとなさるとは」

と、光秀は言った。

「帝をお守りするためだ」

近衛は、なんら疚《やま》しいことはないというように、昂然と言った。

「直接、近衛さまがしなければならなかったのですか？」

「誰かを動かせばよかったというのか？」

「勅命《ちょくめい》とあれば、動く者は」

「おるか？」

「…………」

「誰もおらなかったではないか」

「…………」

「だから、わたしが動いた」

近衛がそう言うと、

「お手伝いした」

と、花山院高雅が言った。

「いったい、どのように？」

「信長は、自分の部屋に入ると、寝る前に湯を沸かして飲むということはわかっていた。茶ではなく、湯をな」

「…………」

よく調べている。

信長はこの数年、夜中に咳《せき》をするようになった。そのため、寝る前に湯を一杯飲むのが習慣になっていた。

それは、いちいち女中を呼んだりはせず、一人でおこなっていることだった。

「湯を沸かす釜に毒を入れればいいと、我らは考えた」

と、近衛前久が言った。

「毒を入れるですと？」

「上の窓から」

「やはり、上の窓からですか」

日承上人があの上の窓から細い鎌を差し込ませたように、近衛もあそこからなにかしようと思ったのだ。

だが、それは当然だった。

アリの這《は》い出る隙もない御殿のなかで、外部とつながるのは、高い窓だけなのだから。

「なかのようすは、宴《うたげ》の途中、わたしが酔ったふりをして御殿に入り、すばやく茶釜を置く位置などを確かめておきました」

と、花山院高雅が言った。

「では、窓から鉄砲で狙えばよかったではないか」

「ところが、窓はかなり高い位置にあり、そこからなかの信長さまを見ることはできないのです。見ることができなければ、鉄砲で狙いをつけたり、弓を射たりすることも難しいでしょうよ」

「毒をどのように？」

「途中から曲がった釣り竿《ざお》のようなものをつくりましてな。先に毒を入れた小さな笊《ざる》をつけたのです。この笊は糸で手前のほうまで結んでいて、糸を引けば、笊がひっくり返って毒がこぼれるという、かんたんな仕掛けですよ」

「なんと」

「まだ、この建物の裏の縁の下に置いてあるはずです。わたしが放っておきましたので」

「では、そのときのおこないを再現できるのか？」

「ええ」

と、花山院はうなずいた。

すぐに虎竹が取って来て、花山院に手渡した。

光秀の命令で、花山院は回廊のところで梯子をかけた。

「やってみてくれ」

「この連子窓から、こうやって竿を入れまして」

竿が天井近くをゆっくりと伸びて来た。それは、茶室の囲炉裏《いろり》が切ってあるあたりまで、充分に届いた。

「これで、湯がたぎる音が聞こえたころ、糸をきゅっと」

花山院が紐《ひも》を引くと、笊が傾き、粉がハラハラと舞い落ちた。

「いくら粉でも、頭上から降って来れば、信長は気づくであろう」

と、光秀は言った。

「粉を撒《ま》く寸前、わたしは反対側の壁にどんぐりを放ったのです」

「どんぐりを」

光秀は、小さなどんぐりが、御殿のなかをころころと転がる音を聞いたように思った。それは夜のしじまのなかで、ぎょっとするほど大きく聞こえただろう。

「信長は、なんだろうと、そっちへ歩くのがわかりました。その隙に粉を撒いたのです」

「そういえば、女中が廊下で粉を見かけたと言っていたらしい」

「竿を引き上げるとき、すこしこぼしてしまったかもしれませんな」

「では、信長はそれで死んだと？」

「信長さまは、毒で亡くなられました。苦しむのもわかりましたから」

「わかっただと？」

「七転八倒《しちてんばっとう》するような物音がしたのです」

「…………」

「それから、悔しまぎれに名を呼びました」

「名を？　誰を呼んだ？」

この明智光秀か、森蘭丸か。

あるいは、毒を入れた者に思い至って、その名を呼んだのではないか。

「そこはよく聞こえなかったのです。わたしは成功したと思い、すでに梯子を持って、逃げようとしていましたから。ちょうど反対側から女中が歩いて来ていたので、危うく見つかるところでした」

「七転八倒したのか」

それはそうだろう。

毒というのは苦しむものだと聞いたことがある。

光秀は、信長がのたうち回るようすを思い描いた。苦悶《くもん》し、喉をかきむしる信長。それはやはり、信長の死にざまとしては、ふさわしくなかった。

「こたびのこと、帝もご存じであったのですか？」

光秀はつらそうに近衛前久に訊いた。

「帝はそうしたことまで関わることはない。だが、信長が死んだと聞けば、さぞやお喜びになるであろう」

と、近衛は言った。

「では、帝以外の臣下の者たちは？」

「明智どの。これはあくまでも、この近衛前久の一存《いちぞん》」

「それと、わたしと」

花山院高雅が言った。

「信長は図に乗り過ぎた。天皇家を簒奪《さんだつ》しようなどと、なにを思い上がったのか。天罰と思うがよいぞ。おっほっほっほ」

近衛は、甲高い声で笑った。

「ううっ」

その露骨な喜びようは、光秀を傷つけた。

もしも本当に毒で殺されていて、その下手人が近衛前久だと知ったら、信長はさぞや、無念だったろう。

「おって沙汰する。あちらに控えておれ」

十二

「どういうことでしょう。近衛も、おのれがやったと申してましたな」

斎藤利三が言った。

「む。奇妙だな。こうなると、わしが睨んだもう一人も、ぜひ、問い質《ただ》しておかねばなるまい」

博多の商人・島井宗室が光秀の前に引き出された。すでに、ここの回廊のところへ来ていて、近衛の最後のあたりの話も聞いていたらしい。

「まさか、明智さまが信長さまを攻めるとは」

島井宗室は薄い笑みを浮かべて言った。

「どうせ誰かに討たれるなら、わしが討とうと思ったのだ」

光秀の言葉をすぐには理解できなかったらしく、島井宗室はしばらく光秀の目を見つめてから、

「誰かに討たれるとお思いでしたので？」

と、訊いた。

「思わぬわけがない。島井、いや千利休を含めた堺や博多の商人たちも、信長をさぞかし疎《うと》んじていたのだろうな」

「それはそうでございましょう」

「わけは茶の湯のことか？」

「それもあります。そもそも、信長さまは、本当に茶の湯を好んでおられたわけではありませぬ」

「なにを好んだ？」

「茶器などの道具でしょう。信長さまは、いわば物狂いのところがおありだった」

「そうだな」

人を信じない代わりに、物を信じる。そういうところは、確かにあった。武器狂いもそこにつながっていたかもしれない。

「しかも、茶器に価値をもたせ、自らが茶の湯の世界に君臨することで、領国、朝廷の位に加え、三つめの褒美《ほうび》をつくろうとしていた」

「ほう」

「領国には限度がございます。位も上がつかえてしまいます。その代わり、名物茶器で褒美に替えれば、信長さまにとってこんな安上がりなことはありません。頭の良いお方でした、信長さまというお方は」

「そうだな」

「そもそも、信長さまの安土城や、ふだんのお姿などを見ても、とても侘《わ》び寂《さ》びに気持ちを寄せているとは思えませぬ」

「………………」

そうなのだ。信長は派手好みである。

侘び寂びは、信長にはそぐわない。おそらく勿体《もったい》ぶった茶の湯などは、胸の内で軽蔑《けいべつ》していた。むろん、茶人などという鼻もちならぬ連中も。

「わたしは、おそらく信長さまは、魏の曹操を信奉《しんぽう》しておられたと思っております」

「魏の曹操だと？」

話は意外なほうへ向いた。

光秀は怪訝な気持ちで訊き返した。

「蜀《しょく》や呉《ご》と争った、三国時代の英雄でございます」

「それは、存じている。なぜ、そう思った？」

「若き日の信長さまの風体《ふうてい》を伺《うかが》ったことがございます。三国志に書かれた曹操の若き日にそっくりだと思いました」

「曹操の若い日は、どんなふうだったのだ？」

と、光秀は訊いた。

「三国志には、こうあります。曹操の若いときというのは、軽佻浮薄《けいちょうふはく》で、威厳などまるでなかった。音楽が好きで、芸人などをそばにはべらせ、日中から夜まで楽しんだ。衣服は軽い絹を用い、身体には小さな革の袋をぶら下げ、こまごましたものを入れていた、と」

「ほう」

光秀も、信長の若いころの話は聞いたことがある。

茶筅髷《ちゃせんまげ》に結《ゆ》って、浴衣《ゆかた》をだらしなく着こなし、風流踊りや盆踊りなどに出没していたらしい。腰に、かち栗だの、いろいろ入れた袋をぶら下げて歩いていたという話も聞いたことがある。

まさに、島井が言った曹操の姿は、信長そのものではないか。

「だが、英雄などというのは、どこの国でも若いころはそんなものではないのか？」

「いいえ。わが国ではほかに、誰かそのような人がいますか？」

「それは」

光秀は言葉に詰まった。

確かにそうかもしれない。武将として名を成すのは、むしろ学問に長《た》け、利発さで頭角を現わすような人が多い気がする。

「三国志は読まれましたか？」

島井宗室は光秀に訊いた。

「直接、読んではいない。が、耳学問としてはずいぶんあるつもりだ」

正史《せいし》はもちろん、近ごろ唐土の民に親しまれている『三国志演義《えんぎ》』という物語があることも知っている。京屋敷に、三国志に詳しい僧侶を呼んで、一晩、講義を頼んだこともあった。軍略についても、大いに参考になる物語だった。

「信長さまも、当初はそんなものでしたでしょう。若きころに耳学問で得たことを真似《まね》するうち、おのれの生き方の指針にしようとのめり込んでいきました。戦の方法も、真似たところがあります」

「戦も？」

「曹操の天下取りのきっかけとなった戦に、官渡《かんと》の戦いというものがありました」

「袁紹《えんしょう》を破った戦だな」

「はい。袁紹軍十万、曹操軍は一万という不利な戦いでしたが、曹操は袁紹軍の食糧基地に奇襲をかけ、勝利を摑みました」

「奇襲か」

無論、光秀の脳裡には桶狭間の合戦のことが思い浮かんでいる。あれも今川義元の大軍に、わずかな兵で奇襲をかけた一戦だった。

「また、官渡の戦いで、曹操は石打ち車という新兵器をつくらせ、これは鉄砲や大砲のような役割を果たしました」

「ほう」

「曹操は、異国《ことくに》についても興味を持ち、当時のわが国についても知っていたようです」

「なるほど」

信長は、南蛮の宣教師たちの話も素直に聞いた。

「宗教勢力に対して厳しかったことも、曹操に倣《なら》ったかと」

「まことか？」

「例えば、曹操が済南国《さいなんこく》の相になったとき、前漢《ぜんかん》の王を祀《まつ》る信仰がはびこっていました。これまでは誰も手が出せなかったのですが、曹操は着任するや、祠《ほこら》をすべて取り壊し、人民や官吏《かんり》に拝《おが》むことを禁じてしまいました」

「ふうむ」

「規律に厳しかったのも、曹操を倣ったと思われます。洛陽《らくよう》の北部尉《ほくぶい》という役に任じられると、四つの門を修理し、ここに五色の棒をぶら下げ、禁令に違反した者は、身分にかかわらず、この棒で殴り殺しました」

「ははあ」

信長にも似たような話はある。まさか曹操を倣ってしていたとは、思いもしなかった。

「京からすこし離れたところに、絢爛《けんらん》たる安土城を建てました。あれも、曹操の銅雀台《どうじゃくだい》を倣ったのだと思われます」

「安土城もか」

「それだけではございません。ほかにもまだまだございます。例えば、信長さまは居城を清洲城から岐阜《ぎふ》城、そして安土城と、次々に移していきました」

「そうだ。それは、ほかの戦国武将は誰もやらなかった。武田信玄《しんげん》は甲府《こうふ》の躑躅《つつじ》ヶ崎《さき》の館を、上杉謙信《うえすぎけんしん》は春日山《かすがやま》城を出ようとはしなかった。だが、信長は違った。それも信長の独創ではないのか」

「曹操も居城を移していました。そして、それについては、こう語っています。『湯《とう》王、武《ぶ》王といった天子は、天下を支配する前に、いったい根拠地を同じくしたでしょうか。もし、堅固さを拠《よ》り所《どころ》とするならば、機に応じて変化することは不可能ですぞ』と。信長さまは、この言葉に学んだのではないでしょうか」

「ああ」

「いかがです？」

光秀のなかで、なにかが崩れつつあった。

信長に対する信奉の理由には、あの独創の素晴らしさがあった。桶狭間の戦い、比叡山の焼き討ち、安土城の建設……信長は誰もやらないことをやってのけたから、天下を手中にしたのだと思ってきた。

「それでは、猿真似人生ではないか」

光秀は呆れたように言った。

「そこまでは申しませんが、強い影響を受けていたことは、間違いありますまい」

「………」

光秀も衝撃を受けるほどの指摘だった。

「信長さまは、曹操のように、唐土の中原《ちゅうげん》に打って出たかったのでありましょう」

「………」

それは光秀も感じていた。

だが、海を越えて兵を出すなどというのは容易ではないのだ。武器や食糧の輸送、調達といったことは、大名同士の戦よりもっと確実にしなければならない。

「それに、そなたたちは反対だったのだな?」

「もちろんでございます」

「なぜだ？　戦があったほうが、商人も儲《もう》かるだろう。現に、そなたたちは、鉄砲や刀の交易で儲かっているではないか」

「いいえ。それはいっときだけの儲け。戦は民や国を疲弊させ、貧しくします。やがて交易どころではなくなります。当然、我らの命も脅《おびや》かされます」

「それはそうだ」

「商いは、戦がないからこそ栄えるのです」

「となると？」

「朝鮮や唐土、さらに呂宋《ルソン》や天竺《てんじく》にまで兵を出そうとする信長さまには、なんとしても死んでもらわなければならなかったのです」

「ううむ」

「信長さまのお命を狙ったのは、手前ども商人たちの商いのためだけではありません。この国のすべての民が、しなくてもよい戦に巻き込まれずに済むためだったのです。もしも信長さまが、いまの破竹の勢いで天下を統一し、曹操を超えるため唐土にまで打って出るなら、この国は遠い将来に亘《わた》って、大きな禍根《かこん》を残すことになったでしょう」

「それはお互いさまではないか。我らにも元寇《げんこう》という過去がある」

「幸い、食い止めました。信長軍もまた、逆襲に遭《あ》うことでしょう」

「それはわからぬ」

「わかります。海を越えるのは、商人がすべきこと」

島井宗室はきっぱりと言った。

「商人が？」

「武力を持った者が海を越えても、なにも持ち帰ることはできませぬ。商人なら、富を持ち帰ることができます」

「…………」

島井の言うことのほうに理があるかもしれなかった。

「つくづく怖い人でした」

と、島井は言った。

「どのように？」

光秀は訊いた。博多商人の目に、信長はどんなふうに映っていたのか。

「欲に止め処のない人でした。唐土に打って出て、よしんば彼《か》の地の王となっても、満足はしなかったでしょう。茶器にしても、すべての名器を集めたがった。人にやるにしても、一度、自分のところを通させたかった。茶器を愛《め》でるというものではありませんでした」

「…………」

たしかに愛ではしなかったかもしれない。

「信長さまの欲を膨《ふく》れるままにさせてはいけなかったのです」

そう言って、島井はぶるぶるっと身体を震わせた。

「では、そなたたちは、信長をどうやって殺そうとした？」

「射殺です」

「射殺？」

窓から撃つのは難しいはずである。

「ただ、鉄砲は使いません」

「どうやって？」

「これです」

島井宗室はたもとから、黒い棒のようなものを取り出した。

「炭ではないか」

「炭に似せた竹の輪です。竹筒の表面だけを焼き、炭のように見せました。その筒に火薬を詰め、鉄砲の弾込め用の筒で押しつぶすようにします。その上にぴったりふさがるくらいの鉛の弾丸を、これも同様にぎゅうぎゅうと詰めたのです。これが火で熱せられると、弾が飛び出します」

「なんだと」

「これを囲炉裏に置いておきました。筒先は信長さまが座ろうというあたりに向けて」

「信長が湯を沸かそうと、灰をかき分け、炭を熾《おこ》すと……」

「ずどん」

と、島井は言った。

光秀は、一瞬、胸に弾を受けたように、のけぞった。

「飛び出すのか？」

「はい。何度も試しました」

「いま、できるか？」

「もちろんでございます」

光秀の前でやってみせることにした。

贋《にせ》の炭を焚火《たきび》に入れ、茶の湯の囲炉裏のなかで熱せられるのと同じ状況をつくった。

「お下がりください。危ないですぞ」

島井は言った。

固唾《かたず》を呑んで見守っているとまもなく、
ぱーん。

と小気味よいほどの破裂音がして、鉛の弾丸が飛び出した。

「うおっ」

光秀のわきで、斎藤利三がのけぞった。危うく当たるところだったらしい。

まさにできるのである。

「そういえば、虎竹がぱーんという音を聞いた者がいると言っていたな」

「そうでございましょう」

「信長どのを射殺いたしました」

島井宗室は胸を張って言った。

十三

光秀は頭を抱えた。

いったい、なんということだろう。

三人とも、信長の暗殺に成功したという。

三人のうち、誰が本当に成功したのか?

「どうなさいます?」

「考えさせてくれ」

斎藤利三の問いに光秀は呻いた。

「もはや、誰でもよいのでは?」

と、斎藤利三は言った。

「誰でもよい?」

「信長は死んだことに変わりはないのです。ならば、いちばん都合のいい者が成功したことにして、その者を光秀さまが討ち果たし、敵を討ったことになされればよろしいのでは？」

「なんと」

「そうすれば、光秀さまは堂々と織田信長の後継者として天下に号令をかけることができるではありませんか」

「………」

光秀の心が揺れた。

斎藤利三が光秀を促すように立ち上がった。

「そうしましょう」

「それはできぬ」

光秀は斎藤利三を鋭い目で見て言った。

「なぜ？」

斎藤利三は驚いて光秀を見た。

「わしは、おのれの気持ちに気づいてしまったからだ」

「おのれの気持ち？」

「信長を慕《した》いつつ、信長を討ちたいという気持ちを秘めていたことにだ。だからこそ、信長を討ち果たしたのは、この光秀だったということにしなければならぬのだ」

斎藤利三はしばらく光秀を見つめていたが、

「わかりました」

と、うなずいた。

と、そこへ――。

「光秀さま。弥助を見つけました」

と、声がした。

見ると、汗と雨で巨体をさらに黒光りさせた弥助が、後ろ手に縛られて連れて来られるところだった。

「お、でかした」

連れて来た侍大将によると――弥助は、信長の死を報《しら》せるため、信忠がいる妙覚寺に行ったが、近づくことができず、それから南蛮寺に報せようとうろうろしていたところで捕まったという。

弥助は、光秀の前に座らされると、

「なぜ、このようなことを？」

と、光秀を責めた。

光秀はこの弥助が好きだった。弥助は、遠いところから来た人が持つ、遥々《はるばる》としたものを感じさせた。それには、大きな悲しみの匂いもあった。おそらくこの国の人間は誰も経験していない、波瀾万丈《はらんばんじょう》の過去を持っているはずだった。

弥助はさらに、

「しかも、あのような奇怪な手を使ってまで」

と、強い口調で言った。

「奇怪な手？」

「誰も入れない御殿のなかで、どうやって上さまを殴《なぐ》り殺したのです？」

「殴り殺されたのか？」

「なにをとぼけなさる。わたしははっきり見ましたぞ。上さまは、顔や頭を数度、殴られてお亡くなりでした！」

弥助はそう言うと、歯を食いしばって絶句した。

光秀は訊いた。

「ほかになにか気づいたことはあるか？」

弥助は首を横に振った。もうなにも言いたくないというふうだった。

「向こうで休ませよ」

「始末なさいますか？」

連れてきた侍大将が訊いた。

「そのようなことはしなくてよい。南蛮寺に行かせてやれ」

去りぎわに、弥助はもう一度、光秀に憎しみの目を向けて行った。

「なんてことだ」

と、光秀はつぶやいた。

信長は殴り殺されていたのだ。

であれば、いままでの三件は、いずれもしくじっていたことになる。

「では、誰がやった?」

光秀はそう言って、斎藤利三を見た。

答えはない。窮《きゅう》している。見当もつかないのだ。

「この本能寺の短い滞在のうちに、誰がこのような奇妙な仕掛けの暗殺を実現できたというのだ」

「光秀さま。やはり家康がなにかしたのでは? このような機会に、狙われている家康がなにもしないということは、あり得るのでしょうか」

と、斎藤利三は言った。

「家康は、今日、なにかしでかすつもりだったのだ。千利休と組んでな」

「利休と」

「いまごろ、わしに先を越されたと、慌てて逃げ出しているに違いない」

「では、秀吉は?」

「秀吉は、そもそも信長に封じ込まれて、手の下《くだ》しようがなかった。これからだろう、あやつが牙を剝《む》いてくるのは」

「では、あと、ほかに？」

「信長は敵だらけだった。だが、昨夜、手を出せたのは、この本能寺に来ていた者のなかにいるのは間違いないのだ。あるいは、朝廷にいるもう一派、近衛前久とは別に藤原内基あたりが動いたのかもしれぬ」

光秀がそう言ったとき、

「殿。生き残った女中のなかに、信長の最期の声を聞いたという者が」

「なんだと」

すぐに女中が連れて来られた。

この女中は、それほど戦闘に加わったようすはなく、ひたすら怯え切っていたらしい。

「信長の声を聞いたというのはまことか？」

「はい。御殿の窓のなかから、大きな声を聞きました」

「なんと言っていた？」

「何者だ？　と、おっしゃいました」

「何者だと。では、やはり、なかに人がいたのではないか？」

光秀がそう言うと、

「そんなはずはございません」

と、高田虎竹が言った。

「それから……」

「まだ、なにか、言ったのか？」

「はい。そなた、斎藤義龍かと」

「なんと」

斎藤義龍は、斎藤道三の息子である。

だが、父・道三とは敵対し、長良川《ながら》の合戦において、道三を討ち取っている。このとき、義父の支援に駆けつけた信長とも戦った。

しかし、もう二十年ほど前に死んでいる。死因ははっきりせず、病とか呪いとか言われている。戦死でなかったのは確かだろう。じつは、信長が命じた毒殺だったりするのか。

「まさか、亡霊でも見たのか」

光秀の背筋を、冷たいものが走った。

だが、信長が亡霊など見るような人だろうか。

そして、もしも亡霊を見るなら、ほかに見るべき亡霊は山ほどあり、なぜわざわざ斎藤義龍の亡霊が出て来なければならないのか。

しかも、信長はじっさいに、数度、頭を殴られて死んでいるのである。

光秀は、ふらふらと庭に出た。

雨はまだ降りつづいている。一面、水びたしとなった庭を、光秀は呆《ほう》けたように二度、大きく周回した。

十四

光秀は、日承上人、近衛前久、花山院高雅、島井宗室の四人を待たせていた焼け残った御堂の一室に入った。

「お帰りいただこう」

そう言うと、四人は驚いて、光秀を見た。

「よいのか？」

と、近衛が訊いた。

「構いませぬ。なぜなら、あなた方の誰も、信長の殺害には成功しなかった」

「なんですと」

島井は呆れ、

「どういうことだ？」

近衛は憤然とした。

「なぜ、そのようなことを申される？」

日承上人が訊いた。

「先ほど、信長の最期を見た者の話を聞いた。信長は頭や顔を殴られて死んだのだ」

「殴られて？」

「撲殺《ぼくさつ》？」

近衛と花山院が顔を見合わせた。

「さよう。それは酷《ひど》い殺されようだったそうだ。だが、そなたたちがやったという方法では、撲殺にはなり得ない」

「そんな」

「だから、お引き取りいただく。無駄に終わりましたな」

光秀は、早く去れと言わんばかりに、襖《ふすま》を開け、そのわきに立った。

近衛前久は、光秀の前をすり抜けながら、

「明智、臭い狂言をしたものじゃのう」

と、言った。

「狂言？」

「もともと刺客を忍び込ませてあったのであろう」

近衛がそう言うと、

「そうか、そうだな」

日承上人はうなずいた。

「明智さまならどんな仕掛けもできるでしょうし」

島井も同意した。

「そうして、我々がしくじったとわかったら、切り札の刺客を動かした。我々に殺させ、それから敵討ち。そういう筋書きだった。だが、自分で暗殺したからには、夜討ちの成功とするしかなくなったわけだな」

近衛は振り返って、光秀を睨みながら詰《なじ》った。

近衛の邪推だが、それはそれでちゃんと筋が通りそうだった。

「なんとでも申されるがいい」

光秀はそう言って、襖をぴしゃりと閉めた。

一瞬、脳裏に信長が頭を殴られて、床に横たわっている姿が浮かんだ。

光秀は、ふいに悔しさがこみ上げてきた。

まさか殴り殺されるとは、信長自身、思いもしなかっただろう。いかに傲岸不遜《ごうがんふそん》な信長でも、その殺されようは、あまりに酷《むご》いのではないか。

いやしくも天下を目の前にした男だったのだ。ふさわしい死にざまを用意してやるべきだったのではないか。

そう思うと、光秀の目に涙が溢《あふ》れた。

そして、なんとしても下手人を捜しあてねばならないと思った。

十五

光秀は、筆と紙を持って来させた。

これに、御殿と御堂の二つを、真四角のかたちで描いた。御殿のほうは、御堂の半分ほどの大きさである。

ふたつの真四角のあいだをつなぐ渡り廊下も描き入れた。

「御殿のなかは、正面が内廊下になっていたな？」

光秀は、高田虎竹に訊いた。信長の部屋の絵図を描きおこしたい。

「そうです」

御殿の方を、

「ここには、唐土などの奇妙な武器が並べられていた」

「はい」

「扉を開け、なかに入ると、右手が茶室になっていた」

「はい。そこだけが畳敷きで、四畳半でした」

光秀はうなずき、畳敷きのように描き込んだ。

「信長は一人で茶を飲むときは、どこに座った？」

「この壁際の席に」

と、虎竹は指差した。

「信長は寝台で寝ていたな？」

「必ず寝台で寝ていました」

「寝台はどのあたりにあった？」

「このあたりです」

指差したのは、奥の左である。

「壁にくっついていたのか？」

「いえ、ついてはなかったです」

「ほかになにがあった？」

「畳一つ分ほどの南蛮の卓が一つあり、その周囲にやはり南蛮の椅子《いす》がありました」

「そうだ、卓と椅子もあったな」

光秀は前にも見たのを思い出した。この前見たのは馬揃えの日の前後だった。

「信長は南蛮好みでしたから」

「卓はどこだ？」

「ちょうど部屋の真ん中です」

光秀は、卓も描き込み、

「椅子はどのように配置されていた？」

と、訊いた。

「それは、随時、動いていたような」

「いくつあった？」

「卓の長いほうに二つずつ、それと短いほうに一つで、五つあったはずです。ただ、客が三人だと、余った一つはわきに片付けたりしていました」

「椅子のかたちは皆、同じだったかな」

「ほぼ同じですが、信長が座る椅子だけは、背もたれなども立派な彫刻のようなものが施《ほどこ》されていました」

「これで、部屋のなかのものはほぼすべてだな」

「そうです」

「明かりはどうしていた？」

「信長は蜜ろうを使っていました。あれは、明るいのですが臭いので、寝台からは離し、左側の手前のあたりに置いていたように思います」

「どれくらい持ったかな」

「太いろうそくを使っていましたので、つけてからゆうに一刻は持ったはずです」

「燭台は一基か？」

「いえ、二つありましたが、つねに使うのは一つだけでした」

「なるほどな」

これで、昨夜の御殿のなかのようすは、ぼんやりと浮かび上がってきた。

光秀はこれを見ながらしばらく考えて、

「昼間、ここに出入りしたのは？」

と、虎竹に訊いた。

「小姓衆と女中たちは出入りしました」

「小姓で怪しいのは？」

光秀が訊くと、虎竹はにやりとし、

「わたしだけでした」

と、言った。

「女中は？」

「女中はわかりません。女は怪しいと思い始めると、誰もが怪しく思えてきます。だが、信長はそうした勘は鋭かったので、怪しい者はいなかったのではないでしょうか」

「そうだな」

光秀はうなずいた。

自身を思えば、そうした勘はけっして鋭くはない。もしかしたら、自分の身辺には、怪しい女がいるのかもしれない。

「ほかに、酔ったふりをした花山院高雅と、茶室を見た島井宗室は入っているな」

「はい。それと、本能寺の坊主どもは昨日は入っていなくても、到着前の支度で鍵を開けましたので、いくらでも入ることはできたはずです」

「そうだな」

だが、その三者は、下手人の疑いは消えたのである。

「ほかに入った者は、誰もおらぬのか？」

光秀は強い口調で訊いた。

この御殿のようすを知らずして、なかの信長を殺すなどということができるわけがないのだ。

「そういえば」

虎竹がうつむいていた顔を上げた。

「どうした？」

「一度、宴の途中で、信長と蘭丸が、あのなかに籠もったのですが」

「籠もった？」

「はい。おそらく、あれでしょう」

「…………」

光秀は顔をしかめた。不快な気分の正体は、確かめなくてもわかっていた。それは嫉妬だった。若く、美しく、身体ごと信長に愛でられた森蘭丸への嫉妬だった。

「それで、出て来たあと、あのなかが湿気がひどいというので、乾拭《からぶ》きしておくよう命じました」

「乾拭きをな」

「信長はじめじめしていたり、べたべたしていると、ひどく嫌がりましたから」

「誰がやった？」

「それは五郎作がしてました」

「五郎作？」

光秀の知らない男である。小姓のなかにそんな名の者がいたという記憶はない。

「寺男です」

「寺男……怪しくはないのか？」

「もう何十年もこの寺にいる男です。見ればわかりますが、誰かの密偵《みってい》として使われるような男ではありません」

「五郎作はいまの戦で死んでおらぬのか？」

「いいえ、さっきもうろうろしていました」

「いちおう顔を見ておく。連れて参れ」

「はい」

虎竹は立って行き、すぐにもどって来た。

貧相な男である。背丈も低く、痩せている。顔を見なければ、十二、三の子どもと思えるほどである。

歳は四十歳を過ぎているだろう。

疑いをかけるのが、可哀《かわい》そうに思えるような見た目だった。

「これが五郎作です」

虎竹が五郎作の背を突いて、ひざまずかせようとしたときである。

懐から、黒いものがぽとりと落ちた。音がしなかったことからして、布でできたものらしい。

雑巾《ぞうきん》とは違うみたいである。

見咎《みとが》めて、

「なんだ、それは？　ネズミの死骸ではないのか？」

と、光秀は訊いた。

「違いますだ。おらがつくった人形ですだ」

「人形か。紐みたいなものが出ているな？」

「こ、これは引くと手足が動くのでございます」

五郎作は器用に動かしてみせた。人形は生きているようだった。

「そなたが考えてつくったのか？」

「おらのおやじは、綿貫与四郎という有名な細工師で、おらも若いころは手伝ったりしたものです」

五郎作は懐かしそうに言った。

「綿貫与四郎だと？」

驚きだった。信長が、去年あたりからときおり安土城内の小部屋に籠もって、奇妙な武器をつくろうとしていた。その手助けをしていた京の細工師が、人形づくりの名人と言われた綿貫与四郎だった。

「聞いたことがありますか？」

「無論だ。人形づくりの名人と言われる者だろう」

「そうなんです。あのおやじは、そんなふうに言われているのです」

憎しみと自慢が交錯《こうさく》するような複雑な表情を見せた。

「おやじは、安土城にも来ていたぞ」

と、光秀は五郎作に言った。

「安土城というと、信長さまのお城の？」

「そうだ」

「なんのために？」

「それはわからぬが……」

秘密めいた作業だった。

人のかたちをしているものをつくっているとは、女中たちが噂していた。それで、光秀はおそらく新しい鎧《よろい》をつくっているのだと思っていた。信長が、南蛮胴に物足りなさを覚え、もっと鉄砲の弾にも強いというような新式の鎧を考案させているのだろうと。

そういえば、光秀は綿貫与四郎と話もしていたのだ。

たまたま城の庭にいた綿貫に声をかけると、信長のことに話が及び、

「上さまは素晴らしいお人ですな」

と、絶賛し、その理由についても、

「人智《じんち》を超えた考えをなさるお人です。これからの戦は人がするものではない。いかに少ない人の損傷で大きな勝利を得るかを考えるのだとおっしゃっておられる」

と、言った。

光秀は、

「人が戦をせぬなら誰がする？」

と、笑って訊いた。すると、綿貫は、

「それをいま、つくっているのですよ」

と、言ったものだった。

「そうですか。おやじは信長さまのところにいたのですか。だとしたら、親子で仕《つか》えたことにな

るのでしょうか」

五郎作は、自嘲《じちょう》するように斜めの笑みを浮かべた。

「お前はなんで寺男をしている？」

「おやじみたいに、細かい仕事はうまくなかったのでね」

一瞬、五郎作の顔に生意気《なまいき》そうな表情が浮かんだ。おやじへの反抗。それが人生の行方を決めたのかもしれない。こんなしょぼくれた男にも、血気盛んな若いころはあったのだろう。

五郎作は、人形をふたたび懐に入れた。

やけにおどおどしたようすである。

「五郎作」

光秀は名を呼んだ。

「はあ」

「こっちを見よ」

「え」

「わしの目を見よ」

「こ、こ、こうですか」

五郎作は光秀と目を合わせた。

きょとんと見開いたような、おじけづいた気配のある目。

「なにをそんなに怯えている？」

「お、おらはお侍は怖いですから」

「そうか？」

光秀は首をかしげ、虎竹に、

「こやつ、いつも、このようか？」

と、訊いた。

「いいえ。ふだんはもっと、うすらとぼけたような態度をしていました」

「ふうむ」

光秀は、絵図を見ながら考えた。

この御殿のなかで、いったいなにが起きたのか。

光秀はもう一度、信長が安土城内の小部屋でつくろうとしていたものを思い出した。それは人のかたちをしていた。あれが鎧でなかったとすれば、おそらく等身大の木偶《でく》であったのだろう。

木偶は紐で吊るされていた。もしかしたら、あれを戦場の先頭へ持ち出すつもりだったのか。あれを前に並べ、鉄砲の弾を受け、人の代わりとなって、槍を突き出すはずだったのか。

光秀は島井宗室の言葉を思い出していた。近ごろ唐土で語られる三国志の物語には、曹操が袁紹の大軍と戦う際、新しい兵器を発明したことが語られていたはずである。それは、たしか石を投げ飛ばす車といった仕掛けだった。

信長が曹操を真似ていたなら、そうした新しい武器の開発にも着手していただろう。それがあの、吊るされた木偶だったのかもしれない。紐を巧《たく》みに操《あやつ》ることで手足を動かす、巨大なからくり人形……。

光秀は、思い切った一歩を踏み出すような調子で、

「虎竹、五郎作が縄のようなものを持ち歩いているところを見ておらぬか？」

と、訊いた。

「あ」

「見たのか？」

「乾拭きをするのに御殿に入るときでした」

「ここに、信長は入るとき、南蛮の家具を新調したな」

「はい」

「それ以前も、南蛮の家具を本能寺で使っていなかったか？」

「使っていました」

「それはどういたした？」

「いまも、本能寺のほうにあるはずです」

「持って来てくれ」

「はい」

急いで四、五人の兵士が駆けて行き、それらを持って来て、光秀の前に並べた。

卓と椅子が五脚。

「それから、細くて丈夫な紐を持って来てくれ」

紐はすぐに出た。

光秀は紐を手にして、卓と椅子をじいっと見つめた。

「光秀さま。なにを？」

斎藤利三が訊いた。

「まあ、見ておれ」

光秀は縄で家具と卓を結び始めた。

最初は、卓と椅子二脚を。

「これではおかしいか」

腕組みして唸った。

そんなようすを、五郎作はにやにやしながら眺め、ときに噴き出したりした。

「五郎作。そなたなら、上手にできるのではないか？」

光秀は訊いた。

「はあ」

「やってみい」

五郎作は、卓や椅子の脚を紐でつなぎ始めた。

「順番が面倒くさいですが、おらは最初にかたちをつくり、それを解きながら、どうすればいいのか覚えましただ」

皆、訳がわからず眺めている。

椅子と卓をつなぎ終えると、それをゆっくりと引いた。離れていた椅子や卓がくっついて、巨大な人のかたちをした木偶が横たわったようになった。

「こうなりますだ」

信長専用だったという豪華な椅子の背の飾りが、こうしてみると人の顔のようにも見えた。

「その紐を緩《ゆる》めて、椅子と卓をいつもどおりに並べて置くこともできるよな？」

「ええ」

五郎作は、くっついた椅子と卓を元のようにもどした。だが、紐はつながったままである。

「紐は二本、使ったのか？」

「一本は木偶の身体ぜんぶを持ち上げ、もう一本で右腕を動かしますだ」

「これは外からでも操ることができるな？」

と、光秀が訊いた。

「できますとも」

五郎作は自慢げに言った。

「紐はどこから通した？　いったんは梁《はり》に通したよな」

「はい」

「それから、お前も上の窓か？」

「いいや。もう一か所、穴の開いたところがあります」

「穴が？　どこに？」

それは光秀も知らなかった。

「茶室の水回りのところに」

「あ」

「湯を捨てたりもなさいますし、あのお方が顔を洗った水などもそこから捨てました。いったん天井の梁に通したあと、その穴に通して、おらは床下にあるその水の出口で」

「操ったのだな？」

「はあ」

五郎作は申し訳なさそうにうなずいた。肩をすぼめたその様子は、まさに床下のねずみだった。

「動かしてみよ、五郎作！　昨夜と同じようにやってみよ」

光秀は怒鳴った。

「ええ。こうやって」

五郎作は、二本の紐を梁に通し、ゆっくり引き始めた。

紐は椅子の足に結ばれているのではなく、一度くるりと、巻かれているだけである。そのため、紐を引くごとに二つの椅子がぴたりと合わさっていき、それに卓がくっついた。

さらに紐が引かれると、今度はもう二つの椅子が卓の左右に近づき、最後に信長専用の椅子が卓の端についた。

さっきは紐を引くことでくっついていくというより、手で合わせていったようなものだった。だが、今度は紐だけの働きで、五脚の椅子と一つの卓が、頭と胴と手足をかたちづくっていった。

「滑りがよくなるように油も塗っておきました」

と、五郎作は言い、さらに力を込めて、紐を引いた。一つずつはさほどの重さではないが、六つの家具をつければ、相当な重さになっているはずである。

ぎっ、ぎっ、ぎい。

巨大な木偶はゆっくり立ち上がった。

「おーっ」

と、声が上がった。

木偶が立ち上がると、身体は横に揺れた。それは巨大な男が、のっそりと歩いているようにも見えた。

本能寺の夜に出現した怪物だった。まさに悪夢だった。

近くにいた者は、その不気味な動きに、いっせいに後じさりした。

「こ、これは」

「これが、信長を殺した者の正体だ」

安土の城で、綿貫与四郎につくらせようとした新しい武器は、もっと精巧なものだったはずである。人のように動けたかもしれないが、これほど巨大ではなかっただろう。

五郎作のつくった木偶は、単に椅子と卓を組み合わせたものに過ぎない。だが、この木偶は、信長がつくろうとしていた新たな武器と、まさに兄弟だった。いや、優秀な父を持つ、愚鈍《ぐどん》の息子だった。

「まさか」

「信長はこれを見て、逆上した。そなた、斎藤義龍か、とも叫んだ」

斎藤義龍は、六尺《しゃく》（約一・八メートル）を超す巨漢だった。

信長は五十歳近くになってもまだ、向こうっ気が強かった。しかも、寝付いたばかりで、寝惚《ねぼ》けていたりもしたのだろう。

ほの暗いろうそくの明かりのなかで、信長は刀を抜き、この怪物に斬ってかかった。

「おのれ、化け物が。この御殿に忍び入るとは許しがたきこと。成敗《せいばい》してやる、と斬ってかかった」

光秀も同じように、この化け物に斬ってかかった。

だが、この木偶は刀で斬っても、どうにもならない。

ぎっ、ぎっ、ぎい。

腕が上がった。木偶ごときには、しゃらくさいような動きだった。それは椅子に見えなかった。しかも、頭上からいっきに振り下ろされた。

「うぉーっ」

光秀は、あやうく殴られそうになった。

木偶は、紐を引っ張ったり緩めたりすることで、踊るように動いた。暗い御殿のなかでは、さぞかし不気味で、腹立たしい動きに見えたはずである。

信長はさらに刀を振り回し、斬ってかかっただろう。

しかし、椅子と卓は頑丈だった。

一撃、二撃……。

ふらつく信長。頭の皮膚が切れ、血がこぼれ出した。頭はほかの箇所より出血は増える。血は信長の額から顔を、数匹のトカゲのように走っただろう。

がつん、という鈍い音。とどめの一撃。

光秀はそのようすをはっきりと思い浮かべることができた。卓と椅子でできた巨大な怪物に立ち向かう、初老の寝巻姿の男。それはさぞかし滑稽《こっけい》で、しかも悲惨な光景であっただろう。

そして、信長はついに撲殺されたのだった。

十六

「なんということだ」

光秀は、導き出した結論に愕然とした。

下手人は、意外な男だった。

寺男の五郎作だった。

「なぜ、こんなことをした？」

光秀は訊いた。

「なぜ？」

「誰かに命じられたわけではあるまい？」

「はい」

この男の背後に、誰もいるはずがない。もう二十年も、本能寺の寺男として働き、寺の台所のわきの小屋に住みつづけてきたのだ。

「なぜだ？　申せ」

光秀はやさしい声音で言った。怒ればこの男は、震え上がり、口も利けなくなるだろう。

「あのお方は、これを踏みにじっただ」

さっきの布切れの塊を取り出した。

「それはさきほどの人形か?」

「猫の人形ですだ」

五郎作はそれを差し出すようにした。

よく見れば、なるほど猫のかたちをしていた。

細い紐を引くと、手足がぎこちなく動いた。巨大な木偶と違って、可愛らしい動きだった。

「それがどうしたのだ?」

「おらの懐からぽろりと落ちたのを、あのお方は見とがめ、それはなんだ? と、お訊きになられただ」

声をかけたことは不思議ではない。信長は下層の者や路上の者にも直接声をかけることは何度もあった。

「そちは、なんと?」

「これは、おらがつくる猫の人形ですと。こちらのお女中にもやると、可愛いと喜んでくれますと」

「それで?」

「あのお方は、鼻でせせら笑い、これのどこが可愛いと言いました。だいたい、いい歳をした男が猫が可愛いとはなんだ? と。くだらぬことをしていないで、仕事をせよ、と。庭に汚い水たまりができているのは、日々、きちんと掃《は》き掃除をしていないからだ。そう言って、この人形を、踏みにじったのですだ。廊下から降りて来て。こうやって……」

五郎作は、足でぐりぐりとやるしぐさを真似た。いかにも信長がしそうなしぐさだった。

「だから、おらは悔しくて……」

五郎作の目から涙が滴《したた》っていた。

「それだけのことで？」

と、光秀は訊いた。

「は？」

「それだけのことで、そなたは信長を殺したのか？」

「あの方にとってはくだらぬ木偶でも、おらには可愛い、大事なものだよ。これをつくれば、おなごもおらに笑顔を見せてくれるもんだ」

「…………」

五郎作は、唖然《あぜん》としている光秀の前に来て、

「ちっちゃい人形を馬鹿にする人は、大きな人形に殺されるだよ」

と、言った。頬には笑みが浮かんでいた。

「この椅子と卓を使って、大きな木偶をつくる仕掛けも、そなたが考えたのか？　それとも、おやじの工夫を盗んだのか？」

「こんなことはたいした考えじゃねえ。紐の渡し方を工夫すれば、誰だってできることだよ」

「…………」

光秀は頭を振り、数歩、歩いた。

それにしてもあの信長が、こんなくだらぬ理由で殺されたとは――。

虎が蚤《のみ》に食われ、病をうつされて死んだようなものか。

確かに信長は、傲慢で、非情で、尊大な男だった。皆に憎まれ、恐れられていた。

本能寺の日承上人も、近衛前久も、島井宗室も、それぞれ信長に強い恐怖や薄気味悪さを覚えていたようだった。

たしかに、どれも当たっているところはあった。

だが、信長は誰にもない気概《きがい》を持っていた。それはおそらく、魏の曹操すら凌駕《りようが》するほどだった。

そして、途方もない、執念の人だった。

信長は、この国の戦のかたちそのものを変えた。信長でなければ、天下を統一することはできなかった。

その信長が、こんなやつに、こんな理由で殺された。

だが、光秀は思った。

「これが人生なのだ！」

口に出して言った。

「これがこの世というものだ！」

光秀は、刀を抜き放った。

「ひっ」

光秀の形相《ぎょうそう》に気づき、五郎作は逃げようとした。回廊に出て、階段を駆け下りようとした。

だが、光秀はすばやく追いかけ、その背中を袈裟《けさ》掛《が》けに斬った。

深々と斬り下げた。

五郎作は、声も上げず、階段から下の石畳に倒れ込んだ。即死だろう。血しぶきと水しぶきが上がり、それは光秀にもはね返った。

光秀は天を仰いだ。

雲が流れていた。白い幕のようだった一面の雲に、かたちが現われてきていた。かたちの向こうにあるのは、青い透明な色だった。雨は上がりつつあった。

光秀は、空に向かって言った。

「上さま。敵は討ちましたぞ……！」

十七

そのときだった。

「うわあっ！」

叫び声がした。

高田虎竹がつんのめるように倒れた。肩からざっくり斬り下ろされていた。

斬った男が、その陰から現われた。血や泥にまみれても、見事な体躯《たいく》と爽《さわ》やかな美貌は明らかだった。

「そなた、森蘭丸ではないか！　死んだふりをしていたのか」

光秀が言った。

周囲にいた者がいっせいに抜刀した。

「ぜんぶ聞いていたぞ！」

と、蘭丸は言った。

「そうだったか」

「おのれ、明智光秀。許さぬぞ」

「わしのせいにするな。お前たちが、信長をこんな防備の薄いところに滞在させたからだ。お前たち腹心が、信長をなだめて、もっと安全なところにお連れしていたら、わしも軍を向けることはなかった。だが……」

「だが、なんだ？」

「信長はいずれ、こうして誰かに殺された」

「ううっ」

「それは蘭丸ならわかるはずだ。おそらく心底から信長を慕っていたのは、わしと、そなたの二人だけ」

「…………」

「そう思うだろう。信長はあまりにも敵をつくり過ぎた。そして、天下統一を目前にしながら、わざわざこのような危ない場所へとやって来た」

「お止めしたが、聞き入れなかったのだ」

「そうだろう。信長は止めて聞くような男ではなかった。だから、結局、誰かにやられるくらいなら、わしがやる、と思ったのだ」

「なんだと」

「信長を倒すのは、この光秀でなければならないと」

「では、明智。お前は、上さまをお慕いしていたから、兵を向けて来たというのか」

「さよう」

「詭弁《きべん》だ。ごまかしだ」

「おぬしのような若造にはわからぬことなのだ」

「やかましい」

蘭丸は斬りかかってきた。

周囲が光秀を助けようと、いっせいに刀を突き出したが、

「よい。わしが相手をする」

光秀はそれを制止した。

「ですが」

斎藤利三が前に出ようとする。

「よく見ろ。蘭丸は怪我をしている。いまはやっと動いているのだ」

いったい何か所に傷を負っているのか、右胸と、左の下腹から血が沁《し》み出している。ほかに腕や足も傷ついているらしい。

蘭丸は傷を指摘されたことで、屈辱を受けた気持ちになったらしく、

「やかましい。とあっ」

と、光秀に斬りかかった。

だが、やはり踏み込みは甘く、剣先は光秀に届くことなく、空を斬った。

それでも光秀は、

「さすがに信長がもっとも頼りにした小姓」

と、褒《ほ》めた。世辞《せじ》ではない。見事な若者だと、心から思った。

「黙れ、謀反人が。しかも、あやつらに、よくも上さまをさんざんおとしめさせてくれたな」

「おとしめてなどおらぬ」

「なにが武器狂いだ」

「そうであろうが」

「茶器の収集も、あやつの話では打算《ださん》ずくではないか」

「それが信長の賢《かしこ》さだろう」

「なにが曹操の真似だ。これまでのことは、すべて上さまの独創だぞ」

「いや、信長が曹操に範《はん》を置いたのは間違いない。それに、わしは真似が悪いとは思っておらぬ」

「嘘をつけ！」

怒鳴ったことで息が切れたらしく、蘭丸は何度か、ハッハッと激しく喘《あえ》いだ。血が少なくなっているのだ。

「本当だ。なにより信長は、曹操を超えて行こうとしていた。魏王の先を、自らの手でこしらえようとしていた。曹操が死んだのは、六十六の歳だった。信長にはまだまだ歳月が残されていたはずなのだ」

「それはそうだが」

「信長が見事だったのは、執念だ」

「執念だと」

「そうだ。人を人たらしめるのは執念なのだ」

「黙れ、裏切り者」

「裏切ってはおらぬ。むしろ、わしの信長への忠誠心が、この結果をもたらしたのだ。やがてそなたも気づくときが来るはずだった。黒か白か。赤か青か。若いうちは、物事がそういうふうにしか見えないのだ。だが、黒と白が混じり合い、赤の後ろに青が隠れているのが、この世というものなのだ。同じように強い思いは、皆、裏に別の気持ちを隠している。慕いながら憎み、憎みながら慕うのだ。いずれ、そなたも信長を超えて行こうという気持ちが芽生えたに相違ないのだ。信長が曹操を超えようとしたようにな」

「黙れ！」

蘭丸の横殴りの剣が来た。

光秀はこれを一歩下がってかわし、自ら刀を抜き放った。

「信長の後を追わせてやろう」

「誰がきさまなどに討たれるか」

丁々発止《ちょうちょうはっし》の斬り合いがつづいた。

だが、明智光秀も乱世を生き抜いてきた男である。いくつもの戦場を駆け巡って来たのだ。

蘭丸は若く、ゆえに戦場の経験に乏《とぼ》しく、しかも傷ついている。

蘭丸の剣が流れた瞬間、光秀は踏み込みながら真一文字に刀を振って、蘭丸の首を斬り落とした。

首は、光秀を横目で睨みながら飛んで、濡れた玉砂利の上を転がった。遅れて、蘭丸の身体が倒れた。

蘭丸の首は、身体を離れてなお、美しかった。若さと、心の純粋さを、いっそう感じさせた。

光秀は、その首を闇を照らす松明のように高々と掲げ、叫ぶように言った。

「これで、本能寺の信長の勢力は一掃した。いまこそ勝鬨を上げよ！」


「羽柴秀吉さま……」

そうつぶやいたのは、信長の手伝いにと本能寺に来ていた明智家の女中だった。

だが、あのときの人のよさげな笑みは消えていた。

女中は、秀吉が明智家に入れた間者だった。

秀吉が信長の周辺に置いた密偵たちは、光秀によってことごとく見破られ、放逐《ほうちく》されていた。唯一《ゆいいつ》、見破られずにいるのは、その光秀の足下に送り込んだこの女中に扮《ふん》した間者だけであった。

女間者は一部始終を見届け、いま、本能寺の門から外へ出て来たところだった。

「どうやら、信長を殺したのは、くだらぬ男だったようです。信長も、ここへ来て、悲運なことでございましたな。だが、羽柴さまにとってはよい成り行きですぞ。明智光秀は自らが信長を討ったと宣言したのです。あとは、羽柴さまが明智を討てば済むだけのこと。三国志を真似た水攻めなど、いつまでもつづけている場合ではございませぬ。さあ、早く、おもどりなさいませ！」

女間者はそう言って、西のほうへ歩み去った。

黒人の弥助は南蛮寺に向かって歩いていた。さすがに疲れ果てた足取りだった。

――このまま明智軍に加わろうか。

とも思ったのである。

明智光秀のことは嫌いではない。何度か生まれた国であるモザンビークのことも尋《たず》ねられたりした。偏見にとらわれない好奇心の持ち主だった。

だが、信長に反旗を翻《ひるがえ》したいま、生き残って明智軍に加わるというのは、生国《しょうごく》においても卑怯者のすることだった。

南蛮寺とは、蛸薬師《たこやくし》通にある教会堂のことで、そこにいる宣教師のフロイスとは、何度か話もしたことがある。

フロイスに頼めば、故郷に帰る手助けも得られるかもしれない。

弥助はもう一度、光秀のことを考えた。

信長のもっとも忠実な家臣だと思っていた。それがなぜ、反旗を翻すようなことをしたのか。

――この国の人は、底意が読みにくい……。

弥助はそう思った。悪意を秘めているからというのではない。むしろ、逆かもしれない。この国の人は、愛を恥ずかしいものと思い、それを隠そうとするから、二心があるように思えてしまうのではないか。

弥助にとってこの国はけっして嫌なところではなかった。もし、故郷に帰ることができたら、この国のこと、とくに安土城での日々は懐かしく思い出すだろうと思った。


「まさか、こんな成り行きになるとは、思いもしなかったよ」

本能寺の若い僧侶である日海が言った。

「ええ、わたしもです」

少年僧の林利玄は、興奮でまだかすかに身体を震わせている。

二人もまた、これまでの一部始終を、ずっと見聞きしていたのだった。

くるくると事態が変わった一連の成り行きは、囲碁よりもさらに意外性に富み、波瀾万丈だった。

「信長さまは、昨夜の三劫をずいぶんびっくりされていただろう」

と、日海は言った。

「はい。まさか、わざとつくったとは思いもしなかったでしょう」

「それはそうさ」

「でも、日承上人さまが、三劫をつくるようお命じなされたのは、信長さまにお部屋で碁石を並べさせたかったからではないですか？」

と、利玄が言った。

「あ、そうか。あそこに座れば、細長い刀の刃ですぅーっと斬れるはずだったんだ」

日海は、ぽんと手を打った。

「そうですよ。でも、すでに巨大な木偶に殴り殺され、床に横たわったままで、刃は届かなかったのですね」

「お上人さまも、ずいぶんなことを考えられたものだなあ」

「よほど、信長さまが迷惑だったのでしょう」

「そうだな」

「仏に仕える者からしたら、やはり信長さまは困ったお方ですよ」

利玄がそう言うと、日海もうなずいた。

二人はやはり、上人に理解を示すようである。

「信長さまは将棋が強かったらしいな」

と、日海は言った。

「信長さまは、やはり、相手の王を取れば勝ちという将棋の人ですから。囲碁のように大局を見て、最後に勝てばいいという戦い方にはなじまないでしょう」

「そうだな。三劫で、それを悟っていただけたらと思ったが、無駄であったようだ」

日海は、落胆をにじませながら言った。

「はい。でも、今度は明智光秀さまが、同じ道を歩まれます」

「ああ。そうだな」

「明智光秀さまは、人を人たらしめるものは執念だとおっしゃいました」

「そう言ったな」

「でも、お釈迦《しゃか》さまの教えは違いますよね」

「そうさ。執念は捨てるべきだというのが、お釈迦さまのお教えだ。それは、仏の道の根幹とも言えることさ」

「執念に囚《とら》われると、悟りからは遠ざかるのですね」

「そうとも」

「では、囲碁も勝ちたいという執念に囚われてはいけませんか？」

「もちろんだ」

「勝つことを目的にしなかったら、なぜ囲碁をするのでしょう？」

「勝ち負けを遊んで、勝ち負けから遠ざかるためだろうな」

「なるほど」

「そこが、本当の戦とは違うところだろう」

日海は、おのれの言ったことを嚙み締めるように、ゆっくりうなずいてみせた。

「では、明智光秀さまの行く末は危ないですね」

「危ないなんてものではないな」

「明智さまのためにお題目を唱えましょうか？」

「そうしてさしあげよう」

本能寺は法華宗《ほっけしゅう》の寺である。

二人の若い僧は、光秀の後ろ姿に向かって、お題目を唱え始めた。


雨が上がっていた。微《かす》かな風が吹いて、雨上がりの空気が爽《さわ》やかだった。

明智光秀は、入って来た表門をくぐって、徒歩のまま本能寺の外に出た。

——どれくらいここにいたのだろう。

掘割の水は思ったより増えておらず、濁りもさほどではなかった。岸辺の草が、濡れてあおあおと色を濃くしていた。

いつの間にか空は、きれいに雲を取り払っていた。夏の青い空だった。それは、光秀には眩《まぶ》しすぎる気がした。

ぐるりと周囲を見渡した。激しい戦闘は本能寺のなかだけでおこなわれたので、門前の町屋の佇まいは、穏やかそのものだった。商売を始めているところもあった。

ただ、ここは織田信長のいない世界だった。あれほど強権を振るい、裂帛《れっぱく》の気を漂《ただよ》わせた男でさえ、一晩のうちに消えてなくなるのだった。

——もう、信長はこの世にいないのだぞ。

光秀は、胸のうちで、そう言い聞かせた。言い聞かせないと、信長の影につきまとわれる気がした。

信長の不在は、ひどく不思議なことであった。

心細いような気持ちも少しあった。だが、光秀の心の大部分を占めているのは、打ちのめされるくらい大きな喪失感だった。間違いなく自分にとっていちばん重たかったものが、無くなっていた。

重たかったものが消えても、心は軽くなかった。だが、後悔もなかった。

——いずれ、こうなったのだ。

という気がした。これは必然のことだったのだ、と。

光秀はため息を一つついた。

しばらくは、厳しい戦がつづくだろう。柴田勝家や羽柴秀吉、佐々成政《さっさなりまさ》、滝川一益《たきがわかずます》ら信長麾下《きか》の武将たちは、主君の仇を討つためと称し、自らの野心も剝き出しにしながら、この都に駆け上がって来るだろう。それら一人一人をつぶしていかねばならない。戦わずに味方となってくれる者など期待することはできない。

もう源平の名残などかけらもない戦。始まりのほら貝も鳴らず、朗々たる名乗りも、騎馬武者の一騎打ちもない戦。ただ、雷のような銃声と、咳き込むくらいの硝煙と、地獄の底のような槍《やり》襖《ぶすま》と。そして、嵐のあとで浜に打ち上げられた魚のような死屍累々。突撃、皆殺し。また突撃、皆殺し。陽光の下に首が並べられる。血まみれの首、耳の取れた首、破裂した首、笑っている首、蛙《かえる》のようになった首、首、首、首……。

ましてや暑い日の戦は、指揮する者にとっても、前線に出る兵士たちにとっても、難儀なものだった。身体は、自らの汗で汚れ、饐《す》えた臭いで胸が悪くなるほどだ。人はなんと臭く、汚らしい生きものなのか。光秀はすでにうんざりしていた。それでも、この先の戦に、勝ちつづけていかなければならないのだ。

光秀は目を細め、もう一度ゆっくりりと、眩しいほどの周囲の光景を見回した。

すると、上がってしまった長雨の静かな風情が、懐かしく思えてきたのだった。

本書は書下ろしです。

※三国志の記述はちくま学芸文庫版『正史三国志1』（今鷹真・井波律子訳）を参考にしています。

あなたにお願い

この本をお読みになって、どんな感想をお持ちでしょうか。次ページの「100字書評」を編集部までいただけたらありがたく存じます。個人名を識別できない形で処理したうえで、今後の企画の参考にさせていただくほか、作者に提供することがあります。

あなたの「100字書評」は新聞・雑誌などを通じて紹介させていただくことがあります。採用の場合は、特製図書カードを差し上げます。

次ページの原稿用紙（コピーしたものでもかまいません）に書評をお書きのうえ、このページを切り取り、左記へお送りください。祥伝社ホームページからも、書き込めます。

〒一〇一―八七〇一　東京都千代田区神田神保町三―三
祥伝社　文芸出版部　文芸編集　編集長　日浦晶仁
電話〇三（三二六五）二〇八〇　http://www.shodensha.co.jp/bookreview/

切りとり線

◎本書の購買動機（新聞、雑誌名を記入するか、○をつけてください）

＿＿＿新聞・誌の広告を見て	＿＿＿新聞・誌の書評を見て	好きな作家だから	カバーに惹かれて	タイトルに惹かれて	知人のすすめで

◎最近、印象に残った作品や作家をお書きください

◎その他この本についてご意見がありましたらお書きください

100字書評

密室　本能寺の変

住所

なまえ

年齢

職業

風野真知雄（かぜのまちお）
1951年、福島県生まれ。立教大学卒。93年『黒牛と妖怪』で第17回歴史文学賞を受賞し作家デビュー。2015年「耳袋秘帖」で第４回歴史時代作家クラブシリーズ賞を、『沙羅沙羅越え』で第21回中山義秀文学賞を受賞。同年、『幻の城』が舞台化されるなど、いま最も注目される時代小説の旗手である。主な著書に『水の城』「占い同心」シリーズ（祥伝社文庫）『歌川国芳　猫づくし』『卜伝飄々』他多数。

密室《みつしつ》　本能寺《ほんのうじ》の変《へん》

平成29年2月20日　　初版第１刷発行

著者――――風野真知雄《かぜのまちお》

発行者――辻 浩明

発行所――祥伝社《しようでんしや》
〒101-8701　東京都千代田区神田神保町3-3
電話　03-3265-2081（販売）　03-3265-2080（編集）
03-3265-3622（業務）

印刷――――堀内印刷

製本――――積信堂

ISBN978-4-396-63515-2 C0093
祥伝社のホームページ・http://www.shodensha.co.jp/